アメリカ南部小説を旅する

ユードラ・ウェルティを訪ねて

中村紘一

学術選書 031

京都大学学術出版会

KYOTO UNIVERSITY PRESS

図0−1●ユードラ・ウェルティ、『緑のカーテン』を処女出版した時、自宅の庭で、1941 年、32 歳

ユードラ・ウェルティの生家（図1−2）

ミシシッピ州
棉花畑（図0–6）

ヤズー・シティ駅（図3–1）

ウィンザー廃墟（図8–6）

夕暮れのヴィクスバーグ市（図9–2）

まえがき

この本で、わたしはアメリカの女性作家ユードラ・ウェルティ（一九〇九―二〇〇一）が故郷南部ミシシッピ州の風俗をどれほど見事に語っているか、それを読む愉しみを、つまり、その魅力を具体的に作品にそってお話しすることになる。その際、お互いに了解しておいた方がよいと思われる二、三の基本的事項についてごく簡単に述べておきたい。

アメリカ南部の境界線――オハイオ川

まず第一に、アメリカ南部とはどこか、北部との境界線はどこにあるのかということについてである。これについてはいろいろ面倒な説もあるが、一番理解しやすい方法として、わたしはいつも次のように考えている。

日本でもよく知られているストウ夫人の小説『アンクル・トムの小屋』（一八五二）は、ケンタッキー州のシェルビー農園で働いていた黒人奴隷アンクル・トムが奴隷商人に売却された後、ミシシッ

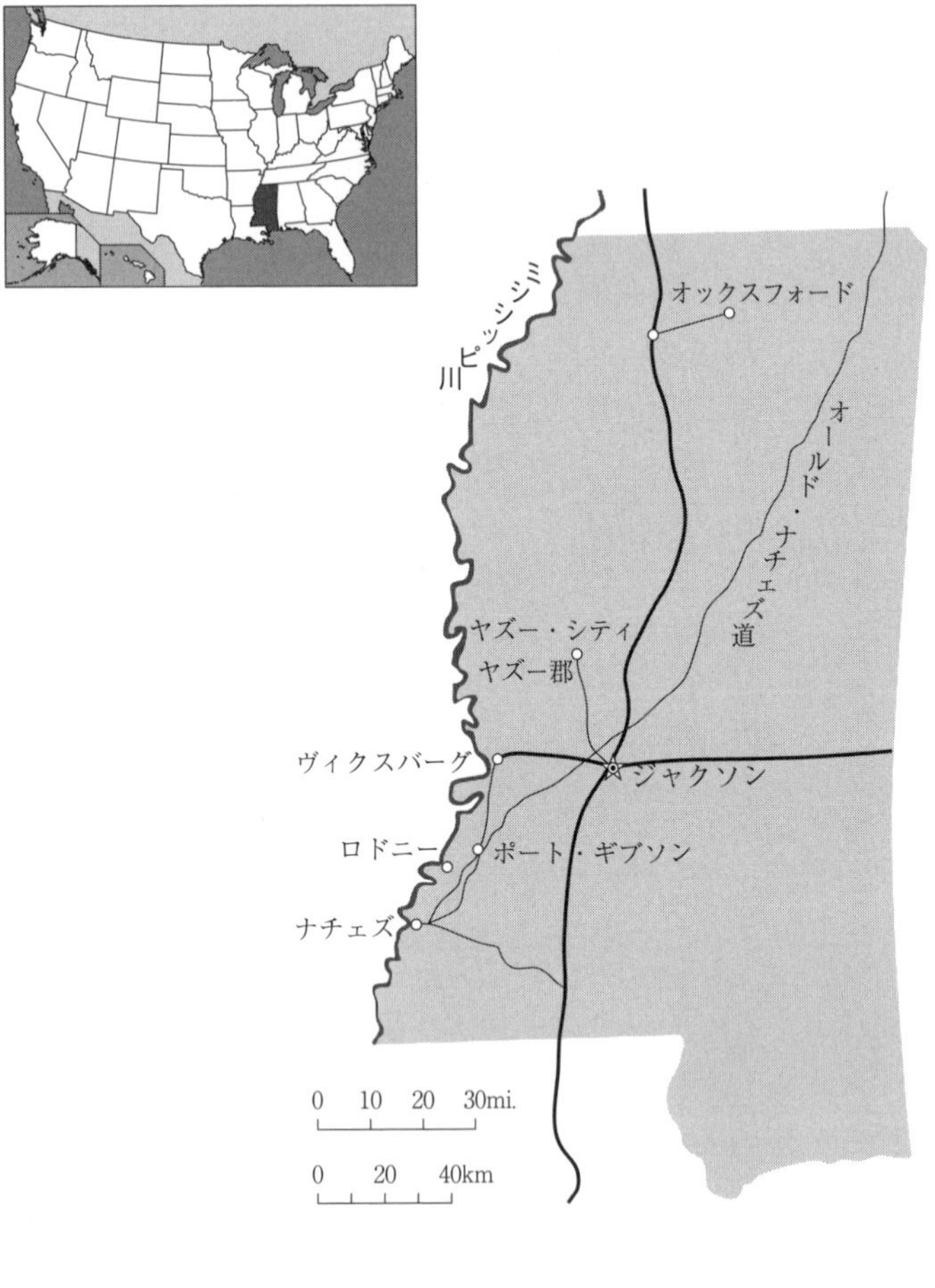

図0-2●ユードラ・ウェルティ作品関連地図（ミシシッピ州）

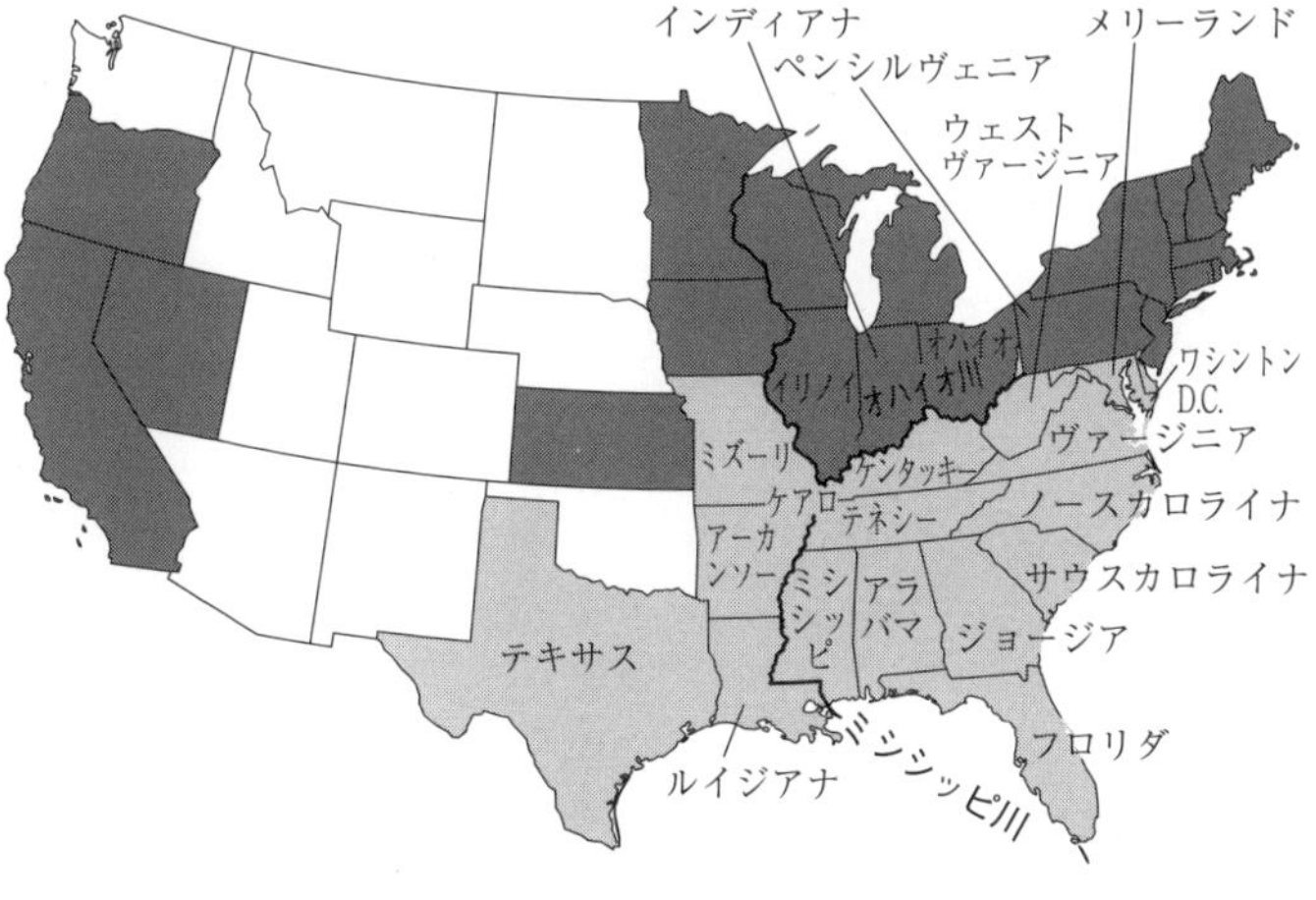

図0−3●南部と北部の境界（薄いグレーが南部諸州、濃いグレーが北部諸州）

ピ川を下り、最後には最南端の河口の地ニューオーリンズの農園で虐待されて死ぬという物語である。奴隷虐待は南に行くほどひどかったのである。しかし、この小説には、同じ農園で働く女奴隷イライザの物語も述べられていて、その物語では母親の彼女は幼児ハリーを抱えて子連れで農園を逃亡し、北に向かう。背後からはグレーハウンド犬を従えた追っ手が迫ってくる。前方にはケンタッキー州北の境界線を東西に流れるオハイオ川が行く手を遮る。絶体絶命のイライザは決死の覚悟で、ハリーを両腕に抱えながら、「因幡の白兎」よろしく、折からの流氷に次々と足を掛けてオハイオ川を跳んで渡り、無事対岸のオハイオ州リプリーの町にたどり着くのである。オハイオ州はすでに奴隷制を廃止した北部の自由州であった。

オハイオ川はペンシルヴェニア州ピッツバーグを起点として、北東から西に向かってオハイオ州の南側の州境、ウェストヴァージニア州の北側の州境、ケンタッキー州の北側の州境、インディアナ州の南側の州境、イリノイ州の南側の州境を流れ、ミズーリ州ケアロで合衆国を縦断する大河ミシシッピと合流する。このオハイオ川こそがアメリカ合衆国を北部と南部とに分ける境界線なのである。

南部

次に、このアメリカ南部とはどのようなところであるのか、あるいは、あったのか。

北部と違い、アメリカ南部は今なお田舎であるし、もちろんかつてもそうであった。それゆえ、画

図0-4●オハイオ州リプリーから見たオハイオ川

一化が著しいアメリカ文明にあっても、南部は独自の文化・文明を有していたし、今なお有していると言えよう。このことは、例えば、小説、映画であまりにも有名な作品『風と共に去りぬ』のタイトルが、南北戦争以前に存在した「旧南部の文明」は南部の「敗戦と共に」「去って」行ったという意味であり、この作品はそのことについて南部ジョージア州出身のマーガレット・ミッチェルが深い愛惜の念を表したものであることからも容易に窺える。

「ヤンキー」と呼ばれる北部人の文明に対して、「デキシー」の南部文明は黒人の奴隷労働に支えられた「大農園」(プランテーション)の農業(田舎)文明であった。その農業文明は、『風と共に去りぬ』のタラ農園(これはフィクションであるが、ジョージア州アトランタ近郊に設定されている)に見られるように、農園主は白亜の「大邸宅」(マンション)に住み、その周りを多くの「奴隷小屋」(キャビン)が囲むといったものだった。農園主の娘は「サザン・ベル」(南部令嬢)、その相手役の若い男たちは「ボウ」と呼ばれ、彼らの風俗・作法は西欧中世の「騎士道」を模倣したものであった。したがって、すでに南北戦争は近代戦争の様相を呈し

図0−5●映画『風と共に去りぬ』のDVD

ていたにもかかわらず、彼らは「馬術」に長けているからヤンキーに勝てると信じ、また、議論の最中でも相手に侮辱されるとすぐに「決闘」を挑んだりしたのである。彼らは進歩の思想を信じるよりも過去の文明に憧れそれを守ることを誇りにした。

　また、南部の大農園の基盤は、言うまでもなく、土地にあった。『風と共に去りぬ』の冒頭で、父親が丘の上で夕空を背景に前方のタラ農園を指して「この土地を守るのはおまえのつとめ」だと諭してもスカーレットはまだその言葉の重要さに気づかなかったが、やがてそれが戦火に廃墟と化したとき、その再建を神にかけて誓うことになる。そのためには妹の婚約者を横取りするといったことを含めあらゆる手段を使って金を工面し、タラの土地が人手に渡ることを阻止したのだ。無力な男たちに代わって土地を守ったのは女であった。

南北戦争（the American Civil War）

日本では南北戦争（1861—65）と呼ばれているが、本国では「内乱」と見なされている。この戦争は、奴隷制を始めとしてさまざまな点で北部諸州とは異なる南部諸州がアメリカ共和国連邦を脱退して、新しく「南部連合国」（the Confederacy）として独立を図ったのに対して、連邦護持のリンカーン大統領が独立を認めなかったために起こった。南部から見ればリンカーン大統領は自分たちの独立を阻止する圧制者であった。ちなみに、南部人俳優ブースはリンカーンを暗殺したあと、ラテン語で“Sic semper tyrannis”(「圧制者にはつねにかくあれ」）と叫んだと言われている（このラテン語は南部ヴァージニア州のモットーでもある）。共和国連邦（北軍）の勝利に終わったこの戦争は、南北両軍をあわせ62万人の死者（これはアメリカがこれまでの戦争で出した最大の犠牲者数）を出し、国土を、とりわけ、ほとんどの戦闘の舞台となった南部を荒廃させた。

南部小説

　このようにして、旧南部人は西欧（それも過去の西欧）の文化・文明を志向したから、文学ももっぱら英文学の作品を輸入して読んだ。したがって、独自の南部文学が誕生するのは、何と言っても、南北戦争に敗北した経験がきっかけであり、その文学が開花するのはそれを直接経験した初代から数えて三代目にあたる二〇世紀に入ってからのことである。自らケンタッキー州出身の南部作家ロバート・ペン・ウォレン（一九〇五—八九）は『南北戦争の遺産』（一九六四）という評論で、南部人が現代の南部に見られるさまざまな問題を説明するとき、すべて南北戦争敗北をその原因にしてしまうと指摘して、これを「大いなる言い訳」（"the Great Alibi"）と名付けた。このことは文学にも通じることで、南部文学は旧南部文明に対する矜持や南北戦争敗北によるその崩壊についての悔恨の念が入り混じった屈折する南部人の情念を表現する優れた作品を生みだした。

　その中でノーベル賞作家ウィリアム・フォークナー（一八九七—一九六二）は、南部文学における巨峰であり、他の南部作家たちにとっては、仰ぎ見る偉大な存在であった。しかしながら、その作品は構成・文体ともに（もちろん、フォークナーにとっては南部人の複雑な情念を表現するのにはそうするより他なかったのだろうが）難解・複雑で、わたしなどは辞書を引きノートを取らなければ理解できないことがしばしばである。そのうち、フォークナーは日本だけでなくアメリカ本国においてすら大学の授業でしか読まれないことになりかねない。

しかし、もっと読みやすく誰にでも親しめる南部文学がある。例えば、今、触れたロバート・ペン・ウォレンの二〇〇六年に再度映画化された『王の臣すべてを以てしても』（一九四六）では、小説の舞台となる虚構の町メイソン・シティはルイジアナ州に設定されているし、黒人奴隷の眼差しに耐えきれなくなって南北戦争前に奴隷を解放したという風変わりな農園主カス・マスターンの物語も挿入されている。また、昨年の十一月に亡くなったヴァージニア州出身の作家ウィリアム・スタイロン（一九二五—二〇〇六）は、メリル・ストリープ主演でこれまた映画化されたことのある小説『ソフィーの選択』（一九七九）で、ヴァージニア州の農園主の末裔で作家志望の青年スティンゴを登場させ、ソフィーの出身地であるポーランド国とアメリカ南部の類似点を議論させたりしているし、『ナット・ターナーの告白』（一九六七）では、一八三一年ヴァージニア州で起こった黒人奴隷の反乱という史実を踏まえた作品を発表しているのである。

ミシシッピ州出身の南部作家——ユードラ・ウェルティ

ユードラ・ウェルティもそのような南部作家の一人である。彼女の生まれはミシシッピ州であるが、ミシシッピ州とはどんなところなのか。

それは同じ南部でも保守的で典型的な南部の特徴を持つといわれる「深南部」諸州の一つで、大河ミシシッピを西側の境界とする。日本の三分の二もの面積がありながら、人口は三百万足らず（そのうち三六パーセントが黒人）で、主な産業は農業、森林業。大農園時代の名残である棉栽培は今なお盛んで、わたしは初めて収穫期の白い棉花畑を見たときには、あたかも夏の終わりの大地に降り積もった淡雪のようで、その美しさに思わず目を見張った。なお、二〇〇五年の統計では、州民一人当たり収入は合衆国内で五十番目であるとのことだが、南北戦争以前は南部諸州でも五番目に富裕な州であったという。奴隷が財産として認められていたからである。州花は白いマグノリア。

同じミシシッピ州出身でもフォークナーは祖父が南北戦争に出征したくらいに旧い家柄に生まれたのに対して、ウェルティの方は父がオハイオ州出身で保険会社に勤め、母もウェストヴァージニア州出身で、二人は結婚して初めてミシシッピ州都ジャクソンに移り住んだ。したがって、そこに生まれたユードラはいわば「南部人二世」にすぎない。彼女はウィスコンシン大学やコロンビア大学で学んだ後、故郷ジャクソンに戻り、ニューディール政策でできた役所の一つ公共事業促進局（ＷＰＯ）のミシシッピ州事務所に下級広報職員として勤めに出る。そこで、「ミシシッピ州の到る所を旅して回り、郡の新聞に記事を書いたり、写真を撮ったりして、自分の州をごく身近に、事実上初めて、見ることになった」という。その時、新鮮な目で見たミシシッピ州の風物・風俗はどこまでも彼女の好奇心をそそり、その結果として、「ものを書き始めたころになって思わぬ方法で役に立ち」、ついに、九十二歳の長寿を全うするまでジャクソンの地を離れることなく南部ミシシッピ州を題材にした作品を

図0−6●現在のミシシッピ州棉花畑

発表し続けることになった。その中には自ら撮影した『ある時、ある場所で』(一九七一)と題する写真集も含まれる。

「(ウェルティの)南部小説を旅する」とは?

わたしは、当初、本書を『ユードラ・ウェルティ——アメリカ南部小説の愉しみ』という平凡な題名にしていたが、草稿を読んだ若い編集員の佐伯かおるさんは『アメリカ南部小説を旅する——ユードラ・ウェルティを訪ねて』にしてはという提案をしてきた。第三者の目で読んでもらったおかげで、こちらの方が内容にいっそう相応しくなり、それにセンスがある。ありがたくその提案を受け入れることにした。

そこで、「(ウェルティの) 南部 (小説) を旅する」とはどういうことか。

それは、まず第一に、ウェルティが好奇心いっぱいの目で発見し、それを作品の題材にしたミシシッピ州の風物・風俗・伝説をたどるということである。それは、十九世紀初頭オハイオ川やミシシッピ川で活躍したというほら話の英雄マイク・フィンクの伝説、南北戦争以前は通商の町として栄えたミシシッピ川岸のナチェズと、そこから北東にかけてテネシー州ナッシュヴィルに通じるオールド・ナチェズ道、オールド・ナチェズ道の途中にあった大農園の館で火災のためにドリス式円柱だけが焼け残ったウィンザー廃墟、やはり南北戦争後廃れて今ではゴーストタウンと化しているミシシッピ川岸の町ロドニー、ミシシッピ州中西部の肥沃なヤズー地方の大農園、などをたどることである。わたしはウェルティの作品を手許に置きながら、レンタカーで実際にこれらの地を訪れた。つまり、ウェルティの描くミシシッピ州を「旅した」のである。

もちろん、例えば、大農園や地主階級の女たちの結婚観、丘陵地帯の貧しい人たちが里帰りして実家で果てしなく続けるおしゃべり、ヴィクスバーグ近郊の小さな町の年代記、父を亡くした中年女性のセンチメントといった風俗を目の当たりにすることはほとんど不可能で、これはウェルティの作品を読んで教えられることになった。これもウェルティの描くミシシッピ州を「旅する」ことなのである。いずれにしても、これらは作品の内容を旅することで、ウェルティはミシシッピ州を「愛しの生まれ故郷」(a dear native land) と呼び、「場所の意識」(the sense of place) こそ作品に堅固な中身を与えるものと述べているのだ。

次に、これらの南部の風物・風俗をウェルティは小説というジャンルでどのように表現したか。わたしはこれ（すなわち、内容に対する形式）を検討し賞味することも「小説を旅する」という比喩で意味したい。小説は文学作品の中では約束事が比較的少なく、誰にでもそれほど苦労しなくても読めるジャンルである。それでも、ウェルティは、長篇と短篇との違い、歴史小説とファンタジーとの違い、どのような人物を登場させるか（人物造形）、どのような順序で出来事を語るか（時間の処理の仕方）、誰が物語を語るか（モノローグやダイアログの方法）、いくつかの短篇を集めて一つの小説として読ませる方法（これは「サイクル」と呼ばれている）といった、小説における約束事や技術の点で作品ごとにさまざまな工夫を凝らしている。わたしは、決して奇抜でない、だからこそ誰からも親しまれる彼女の小説作法の技巧の冴えを、つまり、彼女の小説の美学を、時には立ち止まってしげしげと観察し、繰り返し咀嚼する旅人でもありたい。

こんなふうにして、わたしはウェルティの南部文学をひとり旅しながら、もしかして、同じ旅をしてみようという道連れができればいっそう愉しいに違いないと願っている。

なお、本書は京都女子大学より出版経費の一部助成を受けた。記して感謝する。

アメリカ南部小説を旅する——ユードラ・ウェルティを訪ねて◉目　次

第I部

第II部

アメリカ南部小説を旅する——ユードラ・ウェルティを訪ねて

第1章……『ある作家の始まり』――ウェルティ自らを語る

自伝のきっかけ――ハーヴァード大学での講義

ユードラ・ウェルティの自伝『ある作家の始まり』[1]（*One Writer's Beginnings* 1984）は、出版されるとたちまちニューヨークタイムズのベストセラー・リストに入ったが、これはハーヴァード大学出版局の出版物ではまったく初めてのことであった。この本はこの年の全米図書賞と全米批評家賞を受賞した。それにしても、なぜハーヴァード大学出版局で出版されたのか？　そもそも控え目で恥ずかしがり屋のウェルティがなぜ自伝などを書く気になったのか？

ハーヴァード大学大学院の「アメリカ文明史」学科では学外の著名学者や作家を講師として招聘する「マッシー講義」（Massey Lectures）というプログラムを持っている。一九八三年の講師としてウェ

図1−1●自伝『ある作家の始まり』表紙

ルティに白羽の矢が立った。仕掛け人は同学科に属するダニエル・アーロン教授とデイヴィッド・ドナルド教授であった。ウェルティは「ハーヴァードの大学院生に講義などとてもできない。わたしは学者でないし、わたしの方が彼らよりもよく知っていることなど何一つありません」といったん招聘を断ったが、すでに旧来の友であったアーロン教授は「いや、一つある。それは、あなたの考えでは、あなたの人生で何があなたを作家にさせたかということです(2)」と説得したのであった。こうして、彼女の三回にわたる講義は実現し、その講義が翌年『ある作家の始まり』として同大学出版局から上梓された。ウェルティに声をかけ、ためらう彼女を巧みに励ました二人はよき時代のハーヴァードの教授の姿を彷彿させる。なお、その後のこの「マッシー講義」の講師には、トニ・モリソン、ゴア・ヴィダル、アルフレッド・ケイジンなどの著名作家、評論家が招聘されている。

「途切れることのない啓示の糸」

ウェルティの自伝の特徴は、出来事をそれが起こった順に年月を追って記すといった方法（編年体）が採られていないことである。全体で三つの章からなるこの書物のそれぞれの章に「聴く」(Listening)、「見ることを学ぶ」(Learning to see)、「声を見つける」(Finding a voice) という一風変わった題が付けられているのもそのせいであろう。ウェルティは自らの自伝の方法を次のようにまとめている。

> わたしたちの人生における出来事は時間の順序にしたがって起こるが、しかし、どの程度わたしたちに重要であるかという点になると、それらの出来事は独自の順序を、すなわち、必ずしも――いや、おそらく絶対に――年代順ではない時間表を持つことになる。わたしたちが主観的に知っている時間とは物語や小説が拠り所にする年代順であることが多い。それは途切れることのない啓示の糸 (the continuous thread of revelation) なのである。（六八―九）

われわれが人生を振り返るとき、その中で起こった出来事は決して年代順ではなく、自分にとってそれがいかに重要で（意味が）あったかの順で思い出されるものである。その時、われわれは客観的時間軸ではなくいわば主観的時間軸を用いていることになる。しかし、考えてみれば、これは物語や小説などフィクションで用いられる時間と同じではないか。少なくとも現代の小説家は、あるいは小説家ウェルティは出来事を時間の順序（年代順に）語ったりはしない。人生の出来事についてのウェルティの記憶もそれとまったく同じで、重要で印象深いものが真っ先に思い出され、それに関係して（連想されて）他の出来事も次々と思い出されていく。そのようにして呼び起こされる記憶（思い出）は尽きる（「途切れる」）ことがなく、過去の意味を明らかにする「啓示」の糸のようなものである。ウェルティが言っているのは、人間の記憶のメカニズムについてであり、そして、モダニズム文学の「意識の流れ」についてである。

「聴く」

第一章は「聴く」という題が付けられているが、幼児期のウェルティの耳に入ってきた世界はどの子供にもありうる極めて一般的なものであるが、それと同時に彼女が将来の作家になったこととは無縁でない特異なものでもあった。

一九〇九年、ミシシッピ州ジャクソンで、三人の子供の長子としてわたしが生まれたノース・コングレス通の家では、わたしたちは時計が時報を打つ音を聞きながら大きくなった。玄関にはスペイン宣教

図1-2●ユードラ・ウェルティの生家

師が愛用したと思われる樫製のグランドファーザー時計があって、その銅鑼《どら》のような時報は居間、食堂、台所、食料貯蔵室を突き抜けて、階段吹き抜けの反響板にまで響き渡った。夜、それは耳元まで届き、時には、わたしたちはベランダで寝ていても、真夜中の時報で目を覚ましたのであった。（三）

他にも、両親の寝室にはそれより小さな時計が、そして、台所の時計、食堂の鳩時計があって、「生涯、わたしたちはみんな時間に敏感（time-minded）になった。これは少なくとも将来作家になる者には有益であって、物語の中の時間（クロノロジー）というものについて鋭敏に、そして、何よりも先に、学ぶことができた。それはほとんど気づかずに身につけたものの一つで、必要な時にそこに現れたのである」（三）。

さまざまな音や声、そして感情

小さな町ジャクソンには母の友だちで社交好きの婦人が何人かいた。そのうちの一人はうんざりするほどの長電話をよくかけてきた。

母は壁掛け式の電話口に立って、心ならずも耳を傾け、そして、わたしはすぐ側の階段に腰をかけていたものだ。わが家の電話機はハンドルに小さな接続棒をはめ込んだもので、回線を接続しておくため

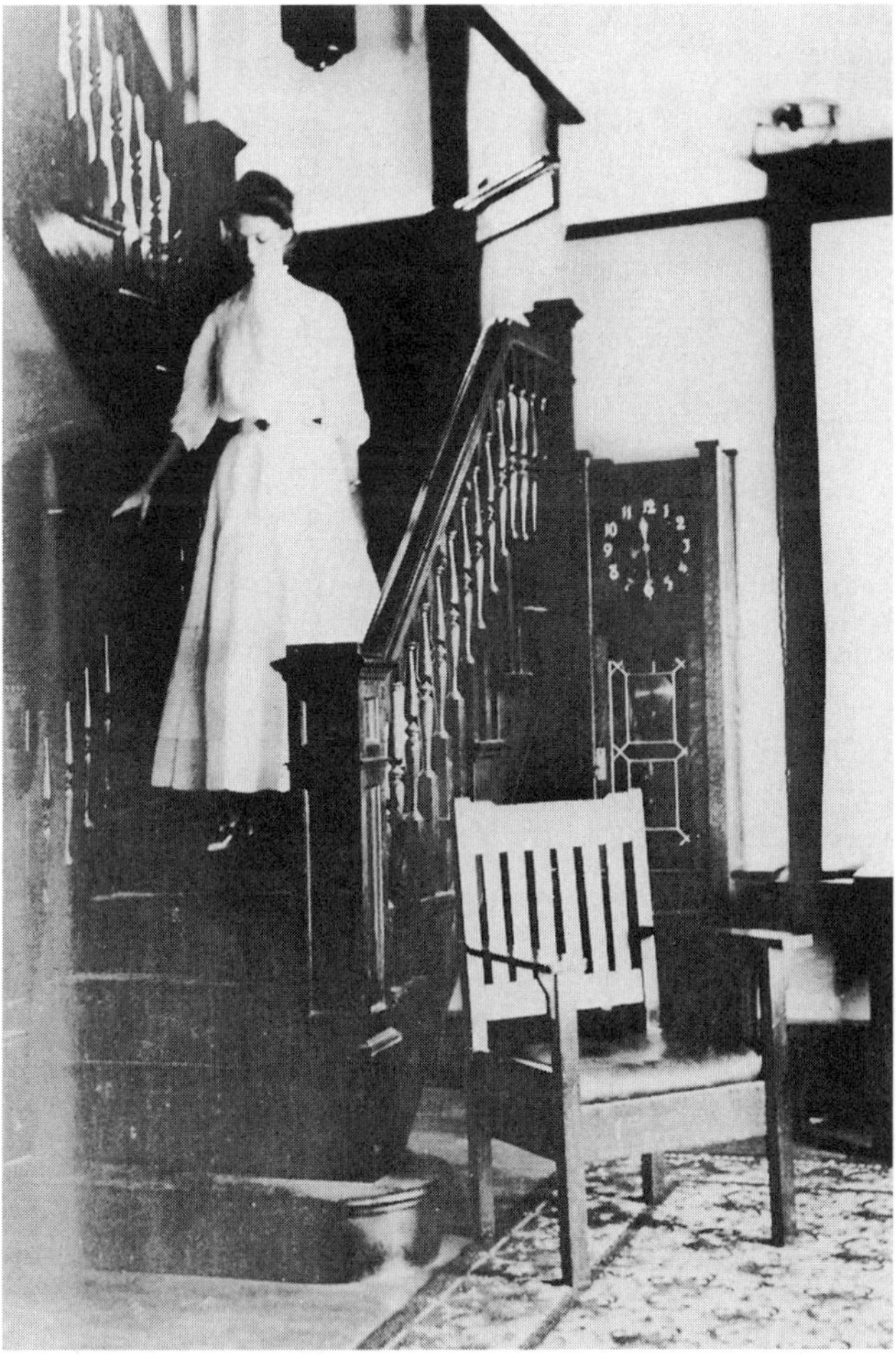

図1－3●階段から降りてくるウェルティの母、ジャクソン市ノースコングレス通 741（ウェルティの父が撮影）

にはそれを指で押し続けていなければならなかった。友だちがやっと話し終わって電話を切った時には母はわたしに助けて貰って指をその小さな接続棒から引き離さなければならなかった。手が麻痺してしまっていたからである。

「あの人ったらこれといったことは何も喋らなかったわ」と母は溜息をついた。「ただ喋りたかっただけ、それだけみたい」

母の言うとおりだった。ずっと後に、わたしは短篇「わたしが郵便局に住んでいるわけ」を書くにあたり、話し手に取り憑いたモノローグ（一方的なお喋り）という形式をしばしば用いたのも理由あってのことだ。それ以外にもっと多くを語る方法があっただろうか！（一三）

五歳のとき入学したジャクソン市のジェファソン・デイヴィス（これは南北戦争の時の南部連合国の大統領の名前）小学校の女校長デューリング先生は「児童を整列させる時間がくると、階段の一番上で右腕と右肩をいっぱいに使って鐘を振り、それが隅々まで響き渡るように勇ましく鳴らした」（二四）。

デューリング先生はわたしに影響を与えた唯一の先生ではなかったけれども、作中人物の姿、形において、想像以上に大きな役割をわたしの作品で果たしている。彼女はわたしが描いた多くの先生像に現れている。わたしは作品中のこれらの先生像を愛するが、デューリング先生を好きになったことは絶対になかった。彼女の高い弓なりの骨張った鼻、輝く目は半ば閉じられていてその上で半円形に持ち上がった眉毛、ケンタッキー人特有のRの発音、深い靴を履いて大股で歩く姿、そういったことが怖かった。相手を圧倒するような彼女の権威を恐ろしく思うだけだった。

（二三─四）

さしずめ、エクハルト先生（『黄金のりんご』）、モーティマー先生（『負け戦』）はウェルティの作品中の代表的な先生像である。

短篇集『広い網、その他』の中の「風」と、『黄金のりんご』の中の「ムーン・レイク」では、南部の町で見られた夏の行事「ショトークア」（Chautauqua 夏期講習会、音楽会）が作品のかなり重要な出来事になっているが、それといっしょにビリー・サンデー（一八六二─一九三五）やジプシー・スミス（一八六〇─一九四七）らの熱狂的な福音伝道師がジャクソンの町を訪れた。ジャクソンの教会合同聖歌隊が「静かに優しくイエスは招き給う」（"Softly and Tenderly Jesus Is Calling"）や「勲なき我を」（"Just as I Am"）を唄うと、「ジプシー・スミスは大声をあげて招き」、まるで「伝染病」のように「ジャクソンのあらゆる人々の魂」を救ったのであった。

『ある作家の始まり』のエピグラフにはウェルティがごく幼い頃の朝に耳にした音（声）のことが綴られている。二階の洗面室ではパパのひげ剃りの音。階下では母がベーコンを炒める音。そして、その二人が階段の上と下で口笛のデュエットを始めた。曲は「メリー・ウィドウ・ワルツ」だったという。

このようにして、幼児期にウェルティが聴いたことがらは総じて家族の愛情にあふれるものであり、時にはユーモアもあった。これは彼女の人物造形に影響を与えているが、しかし、例外もあったという。

「わたしの強い感情の中で、怒りが作品を生んだことはほとんどない。わたしは怒りの感情からものを書くことはない。一つには小説家としてわたしは敵となるような人物を登場させないからであり――もちろん、あの時だけは例外であったが――書くという行為自体がわたしを幸せにするからである。一つの作品だけは確かに怒りが導火線になった。一九六〇年代、故郷のジャクソンで、ある夜、公民権運動の指導者メドガー・エヴァーズ（一九二五―六三）が暗闇で殺された。その晩、わたしはその暗殺者（まだ身元は判っていなかった）について『その声はどこからくるのか』（"Where Is the Voice Coming From?"）という物語を書いた。しかし、最初は憤怒ゆえに書き始めたが、わたしを熱中させたのは、ひょっとして自分とはそれほど異質でない、あるいは自分にはそれほど厭わしくない人物の心の中と肌の内側に入る必要を感じたことであった」。他人の内側に入れると考えることはうぬぼれのように思われるかもしれないが、それでもとウェルティは言う。「それは物語作家がどの作品でもやっていることで、それは最初の一歩であり最後の一歩でもあるのだ」（三八―九）。

「見ることを学ぶ」――両親の故郷へドライヴ旅行

第二章「見ることを学ぶ」は「わたしたちが二つの家族を訪問するために、五人乗りのオークランド・ツーリング・カーでオハイオ州とウェストヴァージニア州へ夏期旅行に出かけた時には、母がナヴィゲーターだった」(四四)の文で始まっている。二つの家族とは父の郷里(オハイオ州)と母の実家(ウェストヴァージニア州)のことで、ウェルティの一家五人(両親と子供三人)は一九一七年(あるいは一九一八年)に訪問自動車旅行を行った。この時ユードラ・ウェルティは八、九歳の頃で、このドライヴこそ「見ることを学ぶ」絶好の機会であった。この章で語られているのは主としてその旅行に関することである。

その中には、もちろん、当時の二つの家族の生活ぶりや特徴、それにその家族の歴史が述べられていて、それらはアメリカ文明史の一コマと言ってもよいから、ウェルティはハーヴァード大学の期待にきちんと応えていることになる。

また、ドライヴは「場所」、「地域」について意識させずにおかないから、結果としてそれはやがてウェルティの作品の大きな特徴となる。「このような旅行は境界線を意識させた。たえずそれを意識して車に乗っていた。川を渡る時には、郡境線や州境線を越える時には――とりわけ、目には見えずとも存在することを知っている南部と北部の間の境界線を越える時には――息を吸ってその違い

図1-4●ケンタッキー川(?)をフェリーで渡る。オークランド・カーに乗ってウェストヴァージニア州とオハイオ州への家族ドライヴ旅行

を感じることができたのである」(四四)。

母の実家――ウェストヴァージニア州

母の実家のアンドルーズ家はアメリカ(東)南部にごく普通の――英国人、スコットランド人、アイルランド人、それにフランス人ユグノーの血が少し混ざった――混血の典型である。……アンドルーズ家はウェルティ家とは違って、田舎の一門ではなかった。町に住んで、教育者や説教師となり、中には馬で巡回して説教をするメソディスト派の牧師もいた。ネッド(エドワードの愛称)のいとこの一人(ウォルター・ハインズ・ペイジ)は駐英大使になった。トリニティ・カレッジ(ノースカロライナ州)で教育を受けた者もいた。若き日のネッドもほんの暫くであったがそうであった。一八六二年、母の父エドワード・ラボトー・アンドルーズが生まれた頃には一家はヴァージニア州に戻っていた。しかし、彼は型を破って、十八歳で両親、祖父母、兄弟姉妹、おばたちの住む（ヴァージニア州）ノーフォークの家を出てウェストヴァージニア州に移り、そこでの一代目となった。（五〇）

ウェルティの母が十五歳のとき、祖父は三十七歳で虫垂炎で亡くなった。母はひとり病気の祖父に付き添って冬の山道を越え、筏に乗ってボルティモアの病院まで連れていってそこで看護した。ボルティモアから帰る時も、同じ列車に祖父の棺を乗せて一人で帰って来なければならなかった。手術台で祖父が母に言った最後の言葉は「もしわしを縛り付けるようなことをさせるなら、死んでやる」だった。

ウェルティはこの出来事と祖父の言葉をそっくりそのまま『楽天家の娘』で再現して利用している。主人公ローレルが亡くなった母の思い出に耽り、母にまつわる出来事を回想する場面においてである。

ウェルティの実家の母についての思い出は続く。

このことがあって間もなく（ウェストヴァージニア州の）この家から、母は髪を一つにまとめ、大きな子も小さな子もいっしょの一クラスしかない山の学校へ勤めに出かけたのだった。初日、父親の何人かは彼女が生徒を鞭で打って叱ることができるかどうかを見に来た。彼女より年上の生徒もいたからである。彼女は生徒たちに行儀が悪かったり勉強しなかったりしたら鞭で打つつもりだと述べ、父親たちにも学校に来たければ来ても構わないが、自分は同じように鞭を打つことができると言った。こうして父親たちの試験に見事合格した。彼女は馬に乗って学校に通った。（五一—二）

『楽天家の娘』のローレルの母も同じように学校の先生で、馬で学校に通っていたことになっているし、『負け戦』に登場するモーティマー先生もやはり最初は馬で、後にフォード・クーペを運転して通った。

ウェルティが母から受け継いだ性格は独立心であった。

あそこ（ウェストヴァージニア州）の山の上で身についたわたしの性格のあの要素、すなわち、突然自分のものになり、失敗した時にはどれほど怯えたとしても自分の内側に存在し続けてきたあの猛烈な独立心は親から受け継いだものだった、と今となっては思われる。いや実際、それはわたしが母から受け継いだ主な遺産で、母はわたしよりも勇敢だった。が、母はあの独立心を熟知している一方で、そんなものを身につけさせないようやっきになってわたしを保護し、警告すらしたものだった。それはわたしたちが共有し、わたしたちの間に最強の絆と最強の緊張を生んだ。成長とはそれを手に入れるために闘うことであり、老いるとはそれを所有した後で失うことである。彼女にとっても、それは山と深く繋がっていた。（六〇）

父の故郷——オハイオ州

「父の生家で、ウェルティじいさんとばあさんの住んでいた農場はオハイオ州南部ホッキング郡のなだらかな丘陵地帯にあり、ローガンという小さな町の近くにあった。それはペンシルヴェニア・ドイツ人（ペンシルヴェニア州東部に移住したドイツ人の子孫）が暮らす地方によく見られる狭いポーチのついた二階建で、白いペンキを塗ったこぎれいな農家の一つであった」（六二）。

「ウェルティ家はもともとドイツ系スイス人で、独立戦争のずっと前にこの国にやって来た三人の兄弟が最初の人たちであった。……父はこういったことをわたしに話してくれる人ではなかった。自分の一族の話など何一つしなかった。アンドルーズ家の話を耳にたこができるほど聞いたせいだろうか？　むしろ、父はよく言っていたように、古い歴史には関心がなく——父によれば、大切なのは未来だけだったからではないかと思う」（六三）。

旅行と短篇と小説

これらの夏の旅行——この旅行や後に車や列車で行った幾つかの旅行——を振り返ってみると、もう一つの要素がわたしの心に影響を与えてきたに違いない、と今となっては思われてくる。旅行はそれ自体で一つの完成物であった。それは物語であった。形式だけでなく、方向、移動、発展、変化を具えていたからである。それはわたしの人生の何かを変化させた。どう言えばいいか判らないが、それぞれの旅行はそれ特有の啓示をもたらした。が、時間が経つにつれ、わたしは振り返ってそれらがニュース、発見、予感、希望をもたらしたことを理解できるようになった——そのことは現在でも理解できるし、実際もたらしてもいる。ものを書き始めたとき、短篇は一つの姿としてすでに形を具えてわたしの心の奥で待機していた。さらに、初めて長篇小説を試みた時も、わたしはその世界に——子供として列車でそこに行くことによって——あの神秘的なヤズー＝ミシシッピ・デルタの世界に、入って行ったことは別に驚くに値しないのである。「暖かい車窓から眺めていると、果てしない畑がまるで火の燃えさかった炉のように見える。小さなローラは頭を抱えるようにして頬杖を突き、窓の外の景色を眺め、旅人が目的地にたどりつく時に感じるあの気持ちを、強くゆっくりとした胸の鼓動を、感じていた」。（六八）

ウェルティがここで引用しているのは『デルタの結婚式』の冒頭近くの一節である。

「声を見つける」

この章では主として、大学生活、卒業後の就職、そして、やがてプロの作家としてデビューするまでのことが回想される。

ウェルティの住むジャクソン市には最上の私立大学があった。しかし、彼女は「どこか遠くに行き、これまでにその表を通ったことのないような大学に入りたいという気持ちでいっぱいだった。わたしは十六歳だったから、家からあまり遠いところで最初の一年を過ごすには若すぎると両親は考えた。ミシシッピ州立女子大学はちゃんとした大学で、それに北に二百マイル行ったところにあった」（七七）。

ウェルティは「三年次にウィスコンシン大学に転学すると、この遠い新しい場所で、その後生涯にわたって糧となるものを自ら発見した」。それは詩人W・B・イェイツの発見で、「最初にわたしを打ちのめしたのは「さまよえるエーンガスの歌」という詩で、それは十五年ばかり後に『黄金のりんご』の中の短篇でひょっこりと姿を現し、あの短篇集全体に行きわたることになった詩でもあったのだ」（八一）。

ジャクソン市の保険会社に勤めていたウェルティの父は彼女が作家になることに賛成しなかった。一つには収入が不安定なこと、もう一つにはフィクションは事実よりも劣ると考え、それを読んだり書いたりすることは時間の浪費であると思っていたからである。そこで父は、ウィスコンシン大学を卒業したウェルティをきちんとした職業に就かせるための準備としてニューヨーク市のコロンビア大学院のビジネススクールに送った。

自分の職業を考えるに当たり、ウェルティは母がそうであった教師という職業について次のように述べている。「作家になりたい気持ちと同じく学校の先生にだけはなりたくない気持ちもはっきりしていた。わたしには教える才能や献身的態度、忍耐が欠けていたから、まるで落とし穴にはまるのではないかという謂れのない気持ちにとらわれたのだ。しかし、奇妙なことに、わたしが物語を書くようになったとき、一番多く登場する人物は先生であることが判った。先生がわたしのヒロインになることは大変多いのである」(八二)。

公共事業促進局職員――ミシシッピ州巡歴

わたしの最初のフルタイムの職業は、ものを書き始めたころになって思わぬ方法で役に立った。わたしは公共事業促進局(Works Progress Administration = WPA)のミシシッピ州事務所下級広報職員として勤めに出た(もちろん、これは大恐慌に対してローズヴェルト大統領が講じた国家施策の一つであった)。ミシシッピ州の至る所を旅して回り、郡の新聞に記事を書いたり、写真を撮ったりして、わたしは自分の州をごく身近に、事実上初めて、見ることになった。(八四)

彼女がこのとき冷徹な眼で撮った不況時代のミシシッピ州の多くの写真は後に集められて、見事な写真集『ある時ある場所で』(*One Time, One Place* 1971)として出版された。彼女はこの職業が創作に役立った例として短篇「リヴィー」を挙げている。

ミシシッピ州の幾つかの道を行くと、時々ボトルツリー（瓶の木）にお目にかかる。人里離れた農家の前庭にぽつんと植えられていたり、何本かが固まって植えられていたりする。わたしはそれを写真に撮ったことがある――葉のないサルスベリの枝の先にことごとく色つきガラスの瓶の口が被せられているのを。……後に、わたしは若さと老齢をテーマにした「リヴィー」という短篇を書いた。自負心と所有欲の強い老人が死を迎えると、休眠期を終えた彼の若い妻が開花するという――一種の春の物語（a spring story）である。老人ソロモンの所有物の中にこのボトルツリーがあった。（八五）

ニューヨークへの列車の旅

大恐慌も終わりの頃、ウェルティはそれまでに書いてきた短篇や撮った写真をニューヨークの出版社に売り込むために小遣いをためて列車に乗った。ジャクソンを発って東に九十マイル行ったメリディアンの駅では、ニューオーリンズ発ニューヨーク行きの列車に乗り換えねばならない。午前二時の乗り換え時間に、駅では顔なじみの黒人女がひとり乗客の世話をし、「この五十年の間してきたに違いない正確さですべての停車駅の駅名を大声で告げるのであった」。「彼女がゆっくりと腹の底から調子を整えて告げる駅名はわたしたちには教会の説教のように聞こえてきた。『バーミングハム……チャタヌーガ……ブリストル……リンチバーグ……ワシントン……ボルティモア……フィラデルフィア……ニューヨーク』。……彼女はわたしの短篇「デモをする人たち」（"The Demonstrators"）にそのまま

図1－5●ボトルツリー。悪霊が家に侵入するのを防ぐために、サルスベリの枝の先にガラス瓶をかぶせたもの

登場するし、その精神だけなら他の多くの作品に見られる。彼女はわたしにはまさしく門出の天使だったのだ」(九五)。

芸術への情熱――エクハルト先生とわたし

ウェルティは自分の作品を振り返ってみて、登場人物に自分(著者)の代弁をさせたことはない、なぜなら、物語の中の登場人物やその生き方はその周囲の状況によって、すなわち、物語自身によって創造されるからであるという。しかし、『黄金のりんご』に登場するピアノの教師エクハルト先生だけは例外であった。

わたしはこの情熱的で風変わりな人物の起源をじっくりと探したが、ついにエクハルト先生は自分から生まれたのだという思いに至った。彼女の外面的な特徴に類似点はなかった。わたしは音楽に堪能でないし、教師でもないし、外国の生まれでもない。ユーモアがないわけではないし、馬鹿にされたり、恋愛の機を逸することもなかった。周りの世界に気づかずにいるということもなかった。しかし、それらはどれも重要でない。重要なのは核心に唯一存在するところのものなのだ。彼女はわたしが自分ですでに知っていたもの、あるいはすでに知っていると感じていたものから生まれたのだ。わたしが彼女に注ぎ込んだものは自分自身のライフワークに、自分自身の芸術に対するわたしの情熱である。あえて冒険をするということはエクハルト先生とわたしが共通して持っていた一つの現実なのである。わたしを奮い立たせ捕らえて離さないものはエクハルト先生を駆り立てるもの、つまり、彼女の芸術に対する愛とそれを与える愛であり、残らずそれを与えたいという欲求なのである。ささやかで地味であったにしても、わたしが『黄金のりんご』のすべての短篇を集成して一つの物語を作り上げるにあたり自分でやったことは（エクハルト先生が催した）六月のリサイタルとそれほど異なってはいなかったのである。（一〇一）

合流点（Confluence）

われわれが心の旅の中で何かを発見をするということは何かを思い出すことであり、さらに、何かを思い出すことはまた何かを発見することでもあるが、これを最も強烈に経験するのはわれわれの別々の旅が一点に集まる時である、とウェルティは『ある作家の始まり』の終わり近くで語っている。そして、「このとき、われわれの生きた経験は小説のための緊張した劇的な舞台となる」とウェルティは述べた上で、confluence（合流点）というイメージを持ち出してくる。「それは作家としてのわたしにとって重みを持った唯一のシンボルで、それは人間の経験における型（パターン）の存在を、のみならず、その主要な型の存在を証明するのである」（一〇二）と言い、その例として、『楽天家の娘』の中の一場面をウェルティは挙げる。それは女主人公ローレルがオハイオ川とミシシッピ川が合流する町ケアロ上空を飛行機で飛びながら、そこは今は亡き夫フィルと新婚旅行で列車で通ったところであること、つまり、自分たちの愛の合流点であったことを思い出す場面である。

そして、自伝『ある作家の始まり』を次のように結んでいる。


もちろん、すべてのうちで最大の合流点は人間の記憶を――個々の人間の記憶を――作り上げているところのものである。わたし自身のそれは、作家としての人生や作品の中でわたしが最も大切にする財産である。ここでは時間も合流点に左右される。記憶は生き物であり――推移もする。が、その短い間、思い出されるものすべては――老いも若きも、過去も現在も、生きているものも死んだものもすべては――合流し、そして、生きるのである。

お判り戴いたように、わたしは人目に立たないような人生から生まれた作家である。人目に立たない人生は勇気ある人生にもなりうる。というのも、すべての真剣な勇気は内奥から始まるからである。

（一〇四）

註

（1）Eudora Welty, *One Writer's Beginnings* (Harvard University Press, 1984). 以下本書からの引用はすべて括弧内にその頁数を示す。
（2）Peggy Whitman Prenshaw, *More Conversations with Eudora Welty* (University Press of Mississippi, 1996), p. 117.

第I部

第2章……『強盗のおむこさん』——ウェルティ自作を語る

歴史協会での講演

『強盗のおむこさん』[1]（*The Robber Bridegroom* 1942）を発表して三十年あまり経った一九七五年、ウェルティはミシシッピ州歴史協会で「ナチェズ道のおとぎ話」（"Fairy Tale of the Natchez Trace"[2]）と題する講演を行い、その中でこの作品について詳しく語った。これまで、この作品はあれこれとさまざまに解釈され論じられてきたが、結局作者のウェルティ自身が自作についてこの講演で述べていることが最も面白く、かつまた納得もいくように思われる。

ウェルティは歴史家たちを前にして、『強盗のおむこさん』という作品は「自分の領域とあなた方の領域の境界線をたやすく跨っており、あなた方のために、それをわたしの歴史小説と呼ぶことにします」と述べる。ここでの「自分の領域」とは《文学》を、「あなた方の領域」とは《歴史》を指していて、彼女はそれを跨ぐ「歴史小説」としてこの作品を書いたと言っているのである。

しかし、その後すぐに保留が付く。彼女は、自分にとって「初めての小説（それともノヴェラ）」であるこの作品はこれまで書いてきた（短篇）、あるいはその後書くことになった小説とは違っています。なぜなら、これは現代世界や自分の身の周りの生活から、あるいは毎日接触する人間活動から生まれたのではないからです。自分の小説の登場人物は常に想像上の人物ですが、『強盗のおむこさん』ではとりわけそうなのです」と強調する。われわれは、彼女が短篇や小説の題材を周りの現実世界から取っていてもその登場人物は実在の人物ではなく想像上の人物であると言っていることには納得できても、「歴史小説」であるという『強盗のおむこさん』の登場人物が「とりわけ」想像上の人物であると言っていることにははなはだ奇妙に感じる。「歴史小説」こそ実在の人物を扱うはずではなかったか。

非・歴史的「歴史小説」――一七九八年、《ナチェズ道》

ウェルティが歴史小説と呼んだのは、この作品の時代と場所の設定が「スペイン支配が衰退期にあった十八世紀末のナチェズ地方」となっているためであろう。しかし、彼女は作品冒頭の三つの段落を引用して、事はそれほど簡単でないことを言おうとする。その最初の段落はこう語られている。

ミシシッピ川のロドニー埠頭に一隻の船が立ち寄ったのは日も暮れる頃で、無垢な農園主のクレメント・マスグローヴは金貨と多くのみやげ物の入った袋を担いで上陸した。ニューオーリンズからの船旅を無事終えたところで、彼の煙草はかなりの値段で王の家来たちに売れたのだった。ロドニーでは、帰途に備えて既に一頭の馬を待たせてあったが、彼はそこの宿でその晩は過ごすつもりだった。というのも、荒野を抜ける帰り道は危険に取り囲まれていたからだ。（一―二）

ウェルティは最初のセンテンスに、この「小説がしかるべき小説でないことを読者に知らせると思われる言葉が一つあります」という（「しかるべき小説」とはここでは歴史小説の意味である）。それは「無垢な」（innocent）という形容詞で、ここではクレメント・マスグローヴを評するのに使用されているが、これは「歴史的なものの見方」（historical point of view）とは無縁で、むしろ「道路前方に横たわるものを予告する明滅信号灯のようにチカチカと光っているのです」という。つまり、歴史小説では人物に「無垢な」などという形容詞を使ってはならず、それが可能なのは「道路前方に横たわるもの」においてのみであるというのだ。しかし、「道路前方に横たわるもの」とは何か？ どんなジャンルをいうのか？

ウェルティは続けて言う。「『強盗のおむこさん』では、荒野と開拓者部落、平底船と川交易、インディアンや追い剥ぎの出没する《ナチェズ道》とそこでの生活、といった要素がすべて集められてい

図2-1●ゴーストタウンと化したロドニー

るのです。物語の舞台はその痕跡が今なお存在している実際の場所と、歴史家のみなさんには改めて思い出す必要のない、申し分なく記録されてきた歴史的時間とに置かれています。それでいて、歴史家や学者のみなさんにはこれが歴史的「歴史小説」（*a historical* historical novel、すなわち、《史実に基づく》歴史小説、の意）でないことにすぐにお気づきでしょう」。つまり、この作品は実際の場所と歴史的な時間が設定されているのにもかかわらず、やはり、「歴史小説」でないとここではウェルティは言っているのだが、それはなぜか？ なお、《ナチェズ道》（the Natchez Trace）とはミシシッピ州ナチェズからテネシー州ナシュヴィルに通じる八〇〇キロの古道で、インディアンの踏み固めた道に始まり、一七八〇年頃から一八三〇年にかけての開拓者道路であった。現在はパークウェイとして整備されているので、区別して《オールド・ナチェズ道》とも言う。また、ロドニーはかつてはミシシッピ州の川港で、ミシシッピ川の交易で栄えた町。今ではほとんど廃墟と化している。

登場人物たち――マイク・フィンク

このようにして「(この作品は) 一七九八年直前のロドニーとその周辺に設定された物語ということになりますが、次に登場人物たちに会って戴きたい」とウェルティは述べて、まず先のクレメント・マスグローヴがロドニーの宿で二人の見知らぬ男とベッドを共用することを伝える（ベッドの共用は当時では珍しいことではなかった）。二人のうちの一人については次のように語られている。

図2-2● *Mike Fink* 表紙

> 「おれはワニだ！」と平底船乗りの男は叫んで、巨大な腕を振り回し始めた。「雄牛と雄ガラガラ蛇と雄ワニがいっしょになって一つになったのがおれなのだ。おれはノアの洪水以来数え切れないくらいの平底船乗りをやっつけて川に投げ込んできた。……おれは走り、飛び、跳ね、投げ倒し、引きずり、打ち負かすことでは国中のどの男にも負けない。……おれはそれぞれ片手で大人の男の首筋を掴み、腕を伸ばしてそいつを持ち上げることができる。……おれはいっぺんに雄牛一頭を、そして、その後、もし日曜日なら、さらに生きた羊も食うことができる。……インディアンなどに対しては笑い飛ばすだけだし、いっぺんに一ダースの雄牛を背中に担ぎ、豚を束にしてベルトにぶらさげることもできる」（一〇）

ウェルティは「すでにみなさんは、無邪気な農園主が伝説的な民俗的英雄マイク・フィンクとベッドを共にしたことにお気づきでしょう」と述べているが、このマイク・フィンク（Mike Fink 一七七〇／八〇―一八二三）とは「米国のフロンティア開拓者で、伝説では多くのほら話の英雄として現われるが、実際の生涯についてはあいまいな点が多い」人物である。しかし、それでもマイク・フィンクは一応実在の人物であった。もっとも、マイク・フィンクのほら話には、「巨人殺しのジャック」（"Jack the Giant-killer"）の童話の、すなわち、身につけると誰にも姿が見えなくなる外套と、履くと誰も追いつけなくなる靴と、被ると何でも知ることのできる帽子と、何でも切れる刀の持ち主についての古い童話の影響があることもウェルティはにおわせている。

ジェイミー・ロックハート

しかし、もう一人の見知らぬ男についてはどうか？

「彼は筋骨たくましく背が六フィートもある若者で、ニューオーリンズの伊達男のような服装をしており、……金髪の房が肩まで垂れ、外套を脱ぐと、結び目には短剣が隠されていた」という。名前をジェイミー・ロックハートと言い、無邪気な農園主にとってはマイク・フィンクから命を救ってくれた英雄ではあったが、実は追い剥ぎでもあったのだ（もっとも、追い剥ぎであることをこの時点では農園主はまだ知らない）。ジェイミーは指に鴉を止まらせていて、その鴉は別れ際に「帰りなよ、可愛い子ちゃん、お家に帰りなよ」と啼く。

ここでウェルティは、この鴉のみならずこの人物ジェイミー自体の出所がおとぎ話であることを明らかにする。「（強盗とおむこさんという）二重人格を表すタイトルを持つこの作品は、一方では歴史――すなわち、《ナチェズ道》の無法者たちの歴史から、もう一方ではグリム兄弟（の童話）から生

図2-3●《ナチェズ道》に関する代表的書物の表紙

まれたのです」。すでに述べたように、十八世紀末のミシシッピ州《ナチェズ道》ではひんぱんに追い剥ぎが出没したという歴史的事実があり、一方、グリム童話には「強盗のおむこさん」という題の童話があって、そこに登場する鴉は右とほとんど同じ言葉を発する〔図2-3参照〕。

ロザモンド

そして、ウェルティは言う。「わたしが自分の書いた物語の中でわれわれの地方史と伝説とおとぎ話とを等しく機能させることになったのは決して偶然ではないことが明らかになったと思います。それらをいっしょに束ねることがわたしの強い意図であったのです。そして、その意図は、この物語が無邪気な農園主や貪欲な後妻や大胆な強盗に加えて、さらに美しい乙女を必要とすることを指示したのでした。乙女と言えば、ご承知のとおり、この地方にはたくさんいて、彼女たちは《ロドニーの女相続人》(the Rodney heiress)として知られていました。ロザモンドは美しく、若く、未婚で、愛情深い父と意地悪な継母サロメと暮らしており、それに、財産を継ぐ相続人でもありました」。ここでは、

「強盗のおむこさん」のお嫁さんになる人物ロザモンドの出所がミシシッピ州のこの地方の《ロドニーの女相続人》という史実にあることをウェルティは指摘している。

しかし、それと同時にロザモンドがおとぎ話の特性を具えていることも忘れはしない。

「一般におとぎ話の乙女たちの口から出てくるのがダイアモンドや真珠であるのは、彼女たちは真実と清純なことしか口にできないからです――さもなければ、蛇や蛙が出てきます。ただ、ロザモンドは意地悪ではないけれどもロマンチックな娘で、彼女の口から癖になって出てくる嘘は何か害を与えようとするものでなく、ロドニーの娘の白日夢にすぎず、純正の真珠のようなものなのです」。

このようにして、ロザモンドはおとぎ話に出てくる乙女に準拠している、ただし、修正が加えられていると言うのである。

このロザモンドには他にもアイロニカルな修正が行われていることをウェルティは指摘する。彼女は、追い剥ぎのジェイミーに初めて出会ったとき、身につけていた（父がニューオーリンズからみやげに持ち帰った）美しい衣服を奪われて裸にされてしまう。その時、ジェイミーは彼女に問う。

「おまえはどちらがいいか？　恥をかかないために短刀で殺されるのと、裸のままでも生きて家に帰るのとでは？」

「とんでもない、命は大切です」とロザモンドは二つのカーテンのような長い髪の間からまっすぐ彼

を見て言った。「あなたの短剣にかかって死ぬより、裸でもともかく家に帰りたいのです」（五〇）

「お判りのように、このおとぎ話の娘も時代の子、すなわち、彼女自身が率直な年少の開拓者なのです」。純粋におとぎ話の娘なら裸にされると恥ずかしさのあまり死んでしまうが、開拓者にとっては名誉より命が大切なのだ。ここでもおとぎ話がミシシッピ州の場所と時代によって色づけされ修正されているのが判る。

グリム童話との異同

ウェルティはグリム童話と自分の小説との異同についてさらに述べる。

グリム童話では、ある男と婚約した乙女は、結婚式に先立ってその男の家を訪れると、そこには例の鴉がいて、婚約者とその仲間たちが実は強盗であることを知る。さらに、彼らが少女の身体を切り刻んで喰っているのを目撃する。乙女は結婚式当日、みんなの前で、その少女の切り取られた指を証拠として見せて男の正体を暴露し、お上に引き渡す。一方、ウェルティの小説では、インディアンの娘を切り刻むのは別の強盗のリトル・ハープであって、夫のジェイミーではない。ただ、ロザモンドには夫のジェイミーがいつもいちごの果汁で顔を塗って正体を隠しているのが気がかりである。そのために、彼女はジェイミーが父の命を救って家に招待されたニューオーリンズの伊達男と実は同一人物であることをずっと知らないできた。

いちごの果汁で顔を隠し変装することは、「追い剥ぎメイソン」(the bandit Mason)が顔を黒く塗っていたように、ミシシッピ州の歴史ではありきたりのことであったし、また広く歌や物語の中でも行われていて、追い剥ぎ、山師、恋人たち、神々はみんな変装するとウェルティは言う。ただ乙女はいつもその変装を剥ぎたがるもので、例えば、神話でも、暗闇でしか逢おうとしない恋人キューピッドの寝顔を見たさに蝋燭をかざしたプシューケーは熱い蝋の滴を落としたのでキューピッドに逃げられてしまった。ロザモンドも継母から教わった秘法でジェイミーの顔を洗うことによって「古典的な過ちを犯してしまいます」とウェルティは述べる。

「あばよ」と彼(ジェイミー)は言った。「おまえ(ロザモンド)はおれを信用して愛するということがなく、ただおれが誰かを知りたがっただけだから。もういっしょに家に留まることはできない」

彼はまっすぐ窓に向かうとそれによじ登り、次の瞬間いなくなった。(一三五)

しかし、その後すぐに、ロザモンドはジェイミーの後を追い、苦労の末ニューオーリンズで再会して、二人は幸福な家庭を築いてめでたしめでたしとなるのはもちろんのことである。

おとぎ話と歴史の相互作用

次に、ウェルティはおとぎ話と歴史を比較し、それらと自分の物語との関係について述べる。

「おとぎ話の方がわたしの物語よりも恐ろしいのは確かですが、それでも、あの開拓時代に実際に起こった出来事と較べてみてそれほど残酷でしょうか？　歴史の方がおとぎ話よりもずっと恐い話を伝えています。人々は頭の皮を剥がれました。インディアンは捕虜にした赤ん坊を脳味噌が飛び出るほど激しく木の幹にぶつけるか、煮えた油の中に放り込みました。大農園には奴隷制がしかれていました。《ナチェズ道》の無法者の犠牲になった人々は腸を抜かれ、身体に石を詰められ、丘を転がされてミシシッピ川に投げ込まれたのです。戦争、流血、大虐殺は当時至る所であったのです。わたしの物語では、これらの恐怖を――そして、それと同時に存在した幸運も――おとぎ話に相応しい、一番相応しいと考えられる要素に置き換えたのです。これまで指摘してきたように、『強盗のおむこさん』では歴史とおとぎ話の境界線は必ずしも明確ではありません。そして、わたしの物語が烈しい生命力を具えているとすれば（そう願うのですが）、それは二つの要素から別個にくるのではなく、それらの相互作用によってなのです」。

ゴート、リトル・ハープ

どの時代にも諷刺家や道化がいるように、残酷で騒々しい当時にあってもコメディーの要素は見られたとウェルティは言う。

『強盗のおむこさん』では、ゴートとその母と姉妹たちは道化──民俗道化だったのです。彼らは狡い取引をし、まず『自分の儲けはいくらになるか？』と訊ねることで──つまり、他人の不幸で儲けることで生活しています（みなさんは、わたしがフォークナーのスノープス家の傍系の先祖を発掘しているにすぎないと言って責めないで下さい）」。このゴートは意地悪なサロメと気があって、ロザモンドをいじめて亡き者にしようとする仕事を引き受ける。ちなみに、「スノープス家」とはフォークナーの三部作『村』、『町』、『館』に登場する「まさしくネズミや白アリの集団」のような卑しく粗野な一族のことである。

そのゴートは間違って（あるいは故意に）ロザモンドの代わりに自分の姉を嫁として、強盗リトル・ハープに差し出す。

「歴史上のリトル・ハープがまさしくここロドニーの間近に隠れているのです。彼は……兄のビッグ・ハープの首を手に入れてトランクの中にしまっています。いつでもそれを差し出して賞金を貰うことができる──まるで銀行の預金のようなものというわけです」。

ちなみに、『南部文化百科事典』（*Encyclopedia of Southern Culture* 1989）によれば、このハープ兄弟について「ほとんどの南部の無法者たちは義侠の士というより、むしろ、開拓時代の南部で気まぐれに強盗殺人を働いたハープ兄弟のように単なる悪党であった」とある。なお、実在のハープの綴字はHarpeだったようであるが、『強盗のおむこさん』ではHarpとなっている。

エネルギーのはけ口――二重生活

ウェルティの講演はいよいよ作品の核心に迫っていく。

「ジェイミー・ロックハートは主人公（英雄）であるために必要な（強盗とおむこさんという）二重生活を送っているのですが、これがこの小説に見られる二重性の唯一の側面でないことは明らかです。重要な、それとも、滑稽な人違いの場面は、物語が展開するにつれて多少とも規則的に起こるのです。同一人物（アイデンティティ）における二重性はすべての荒々しい出来事の中に太い一本の糸のように通っているのです――実際、その糸がそれらを結びつけ、あらゆる出来事はこれにぶら下がっているのです。わたしはその糸をその時代から紡いできました。ナチェズ地方では不可能なことはないと思われた当時、生命は横溢してエネルギーを過剰に蓄えていたので、単一の生活を送っていてはその十分なはけ口を提供することは無理だったのです。二重生活にこそ時代そのものが正当化したと思われる物語上の真実があったのです」。

ファンタジー

ウェルティは『強盗のおむこさん』という作品が結局、歴史小説ではなくて《ファンタジー》だというのである。これこそが冒頭の「道路前方に横たわっているもの」であったことになる。

「ここまでで、わたしの作品が《史実に基づいた》歴史小説でないというわたしの主張を証明できたと思います。『強盗のおむこさん』は初めから別の方向を取ってきたのです。それは、史実の中に埋没する代わりに、カッコウに似て、飛翔し、そしてファンタジーという借り物の巣に舞い降りたのです」。

それにしてもファンタジーとは何か？

「ファンタジーは、小説の他の形式と同じく、その正当性を具えていなければなりません。その種子が真実から、人間についての真実から生まれたものでなければ、ファンタジーは無効です。わたしの作品の正当性は、ある時代の歴史と、そして時代を超越したおとぎ話とに等しく見られる人間的欲求に存在していなければなりません。その欲求はどんな形で現れようとも、同じあこがれを――すなわち、愛し、征服し、敵を出し抜いてやっつけ、掲げた目標に達したいというあこがれを表明しています。結局は、われわれみんなが発見したいと願うものを、つまり、自分は誰で、相手も誰で、いっしょにここで何をしているのかを発見したいというあこがれを表明しているのです」。

強盗から足を洗う

主人公ジェイミーに対するロザモンドの、父親クレメントの（そして、それに劣らずジェイミー自身の）あこがれはすべて、彼が単なる悪党ではなく義侠の士のようであってほしい（ありたい）ということであった。ウェルティは言う。

「わたしが読んだ歴史によれば、強盗リトル・ハープと賞金を得るために持ち込まれた仲間の首は《ナチェズ道》がその側を通っているオールド・グリーンヴィルという町の北と南の端の柱の上に置かれていたということですが、誰がそんなことをしたのか確かなことは思い出せません。しかし、『強盗のおむこさん』では、もちろん、強盗のおむこさんがひとりでそれをしたのです。ジェイミー・ロックハートが自分の悪の片割れであるリトル・ハープを殺すことは自分と愛するロザモンドの将来のために必要なことだったのです。というのも、小説が終わる時には——これが唯一可能な終わり方ですが——主人公（英雄）はもはや強盗であってはならないからです」。

「しかし、もちろん、強盗のおむこさんが二重生活を送る（そして後にそれを放棄する）ことは主人公（英雄）には必要なことだったのです。ロザモンドが（夫である）強盗の家から里帰りをしたとき、父親のクレメントは娘に言います」。

追い剥ぎであることが人間としての彼の幅と限界であるなら、わたしは何としても彼を見つけてきて殺さねばならない。が、彼はそのうえに娘を愛してもいるというからには、一人ではなくて二人の人間であるに違いない。二番目の方の彼を殺さないように気をつけなければならない。というのも、すべてのものには二重性があるから、外面だけを見て、事を性急に片づけるようなことがあってはならない。……おそらく、おまえの愛するこの男も馬に乗って強盗を働き、家を焼いて襲撃することを終えてしまえば、まるで獣皮を脱ぐようにそれから足を洗い、礼儀正しく振る舞っておまえを驚かせることだろう。こういった理由から、わたしはしばらく待って成り行きを見ることにする。しかし、おまえがどんなドアから入っていって、おまえの人生がどうなるかをこの目で見られないと思うと、胸の張り裂ける思いがするのだ。

（一二六―七）

「クレメントには自分の望んでいた予言どおりに願いがかなえられます。数年後（これは蒸気船が発明されるに十分な期間でしたが）、商用でニューオーリンズの市場へ旅行し、あたりを歩き回ります。そして、小説は次のようにして終わっています」。ここでウェルティは作品からかなり長い引用をしているが、特に関係が深いところは次のようになっている。

……そして、彼が（故郷に帰る船に乗るために）タラップに足をかけたとき、誰かが袖を引っ張った。娘のロザモンドが立っていたのだ。前よりも美しくなって、美しい豪華な白いガウンを着ていた。

二人は万感胸に迫って抱き合った。お互いに死んだものと思っていたからだ。

「お父さん！」と彼女は言った。「ほら、このすばらしい町が今ではわたしの故郷なの。わたしはまた幸せだわ！」

船が出発する前に、彼女はジェイミー・ロックハートがもはや追い剥ぎではなく今ではみんなから尊敬されるニューオーリンズ社交界の紳士で、実際、豊かな商人であることを伝えた。彼の野蛮な振る舞いはすべて皮を脱ぐようになくなっていたし、彼女にはこのうえなく優しかった。（一八三）

「生まれ故郷」への目覚め

ウェルティは講演を次のように締め括っている。

「これで歴史家のみなさんに彼らを――『強盗のおむこさん』の登場人物たちを――すべて紹介したことになります。みなさんは彼らが自分たちのものであると主張できます。彼らは気まぐれで、おそらく上機嫌この上なく、望ましい時あるいは必要な時には羽目を外し、何人かは狂っていますが――それでもちゃんとした嫡出子なのです。彼らは彼らの時代の子で、その精神を父親としていることに誇りを持っているのです。もしわたしが自分の強い意図を十分うまく実現しているなら、ファンタジーはその精神に優先するようなことはなく、そのぶんそれをよりよく前面に押し出す働きをしているということになります。その精神とは、ファンタジーだけに可能な直接的な方法で、野蛮でロマンチックな美しさを具えたあの場所のあの挑戦的な時代に特有のムード、テンポ、活力を有しているのです」。

「この小説を読んで批評した人の中にはこれを夢と呼んだ人がいました。わたしはこれを愛しい生まれ故郷（a dear native land）とその初期の生活の物語とに対する目覚めと呼んだ方がいっそう的確だと思うのです。それは小説家の豊饒で喜びに満ちた想像力によって作られ提供されるものです」。

ウェルティの生まれは同じミシシッピ州でも正確には州都ジャクソンであって、この小説の舞台である《ナチェズ道》やロドニーではない。しかし、彼女は一九三五年、ウィスコンシン大学やコロンビア大学での学業を終えて故郷に帰るとミシシッピ州のＷＰＡ（公共事業促進局）で広報課職員として働き始めた。そして、この時初めて州内を廻って人々に会い、写真を撮り、記事を書く仕事をすることになった。その過程で、彼女は「《ナチェズ道》についての多くの本を読み、当時の……一次資料を渉猟しているうちに想像力に火がついた[3]」のだという。したがって、彼女が「愛しい生まれ故郷」と言っているのは、広くは彼女のホーム・ステーツ、ミシシッピ州のこと、そして、あえて限定すれば、この時その魅力を発見した《ナチェズ道》のことでもあった。

註

（1） Eudora Welty, *The Robber Bridegroom* (Doubleday, 1942). 以下本書からの引用はすべて括弧内にその頁数を示す。なお、

邦題は『グリム童話集』（岩波文庫）には「強盗のおむこさん」とあるのでそれに倣った。

（2） Eudora Welty, "Fairy Tale of the Natchez Trace," *The Eyes of the Story*: *Selected Essays and Reviews* (Random House, 1978), pp. 300–14.

（3） Peggy Whitman Prenshaw ed., *Conversations with Eudora Welty* (University Press of Mississippi, 1984), p. 24.

第3章……『デルタの結婚式』——フェアチャイルド家の女たち

シェルマウンド大農園——一九二三年

『デルタの結婚式』[1]（*Delta Wedding* 1946）の書き出しは次のようになっている。

「イエロー・ドッグ（黄色の犬）」というのはその列車のニック・ネームで、ほんとうの名は「ヤズー・デルタ」。混成列車だ。一九二三年九月十日の午後のこと。九歳のローラ・マクレイヴンはひとりきりでの初旅に旅立つところだった。ミシシッピ州フェアチャイルズにあるシェルマウンドという大農園の、母の実家——フェアチャイルド家へ、ジャクソン市から出かけるのだ。向こうへ着けば、駆け寄って来た人々は、口々に、「かわいそうなローラ、母親に先立たれるなんて」と言うだろう。母が死んだのはこの冬で、実家の人々は葬式のときいらいローラに会っていないのである。父親ははるばるヤズー・シティまで付き添ってきて、「イエロー・ドッグ」に乗せてくれた。ローラのいとこに当たる十七歳のダブニー・フェアチャイルドが結婚するのである。ただし、ローラは、母の喪に服しているために、婚礼の席につらなることはできないけれど。が、ローラはそんなことを気にしてなんかいない。彼女の心にしつこくまつわりついているのは、自分のこと——自分が九つだということだ。（三）

第一段落はこれだけのことであるが、しかし、語られているのはこれだけでも、すでにウェルティの頭の中ではこの作品の世界が見事に築かれているのだ。ここでの一つ一つの言葉がその世界の指標となっている。

まず、「イエロー・ドッグ」というあだ名のついた「ヤズー・デルタ」号という列車。この列車はミシシッピ州中西部のヤズー・シティとデルタ地方を往復する。これで一応この小説の場所がこの地方であることが設定される。「イエロー・ドッグ」のあだ名は、ヤズー（Yazoo）とデルタ（Delta）の頭文字を取ってこしらえた名であるが、列車にあだ名を付けるというのはよくあることだ。しかし、後に語られるように、フェアチャイルド家の人々にはかつてこの列車が鉄橋で自分たちを轢き殺しそうなった事件がことあるごとに思い出されて、それが一つの伝説のようになっているのだ。しかも、この事件の思い出は作品の中でしばしば繰り返されるモチーフにもなっている。さらに、「混成列車」

図3-1●現在のヤズー・シティ駅

ミシシッピ州ヤズー郡

ミシシッピ州中西部のミシシッピ・デルタ地方に位置する郡。ミシシッピ川に合流するヤズー川にちなんで名付けられた。ヤズー川とはアメリカ・インディアン、ヤズー族の言葉で「死の川」(River of Death)を意味するらしいが、ヤズー族は好戦的で死闘(a fight to death)を繰り返したからともいう。主な産業は農業と製材。人口約2万8000人(2000年現在)。郡庁所在地はヤズー・シティ。

（mixed train）というのは、白人専用の客車と黒人専用の客車と貨車と車掌車をつなげた列車のことで、そのような列車が走るのはいかにも南部であることを思わせる。

次に、時は「一九二三年九月十日」。実はこの日は月曜日なのである。いとこの「ダブニー」の結婚式が行われるのは、その週の土曜日。七部からなるこの小説は、その一部ずつがそれまでのそれぞれの曜日に割り当てられている。すなわち、第一部はこの月曜日。第二部が火曜日、第三部が水曜日、第四部が木曜日、第五部が結婚式のリハーサルが行われる金曜日、第六部が結婚式当日の土曜日というわけである（第七部は新婚夫婦が旅行から帰ってきて、みんなで家族ピクニックに出かける日に当てられている）。なぜ、一九二三年の秋なのか？　これについてはウェルティはインタヴューの中で繰り返し述べていることであるが、それによると、年表を繰ってみても、この年は第一次大戦が終わった後、ミシシッピ州のこのデルタ地方には洪水やその他の出来事もなくごくありふれた年であったからだということ(2)。

フェアチャイルド家の人々

「ローラ・マクレイヴン」は厳密には「フェアチャイルド家」の一員ではない。母親はそうであったが、その彼女は嫁いで州都ジャクソンに住んでいたからである。名前はアニー・ローリーで、フェアチャイルド家の八人の兄弟姉妹の一人であったが、この冬亡くなった。フェアチャイルド家というのは「ミシシッピ州フェアチャイルズ」に「シェルマウンド」という名の大農園(プランテーション)を持つ一家のことで、現在では、八人いた兄弟姉妹のうちの次兄のバトルがそれを経営している。そのバトルの次女ダブニーが、十七歳の若さでありながら、しかも姉のシェリーよりも先に結婚するので、それを機に一族再会することになった。ただし、その八人兄弟のうちアニー・ローリーを含めすでに三人が亡くなっている。

したがって、物語に登場する人物は主としてこれら残された兄弟姉妹とその連れ合い(ローラにとってはおじやおばに当たる人)たちである。それにバトルとその妻エレンの、ダブニーを始めとする子供たち(ローラにとってはいとこたち)やその他の人物が登場する。典型的な一族再会の物語である。

ウェルティの父はジャクソンで保険会社に勤めていたので、彼女はこのような大農園一家の経験はおろか、舞台のミシシッピ州デルタ地方に住んだこともない。それがどうしてこのような作品(一種の「プランテーション小説」)を物するようになったのか。ウェルティは作品の献辞に「ジョン・ロビンソン」の名を挙げているが、デルタ地方で南北戦争以前から大農園を営んでいたこのロビンソン家の歴史を作品の基にしているらしい。ジョン・ロビンソンとウェルティは友人で、彼が第二次大戦で海外に出征中、ウェルティはデルタ地方にあるロビンソン家を定期的に訪れ、一家の歴史に耳を傾け、その先祖たちが書き残した日記類に眼を通したという(3)。

ローラの視点

これはウェルティという作家の大きな特徴であるが、彼女はこのフェアチャイルド家の家族構成や歴史を右に述べたように整然と語るといった野暮なことは決してしない。フェアチャイルドの屋敷でマック、バトル、ジョージ、エレンといった人物を初めて作品に登場させるとき、ウェルティは次のようにあくまでローラの視点から描写する。

マックおばさんは声を出して聖書を朗読している。(あのおばさん、もう死んじゃったかしら?)訪ねてきた農園経営者たちは、バトルおじさんともう一人のおじであるジョージおじさんを相手にして、食堂から図書室を通って玄関へ行くまで、激しい議論のしつづけだし、それからエレンおばさんは何かを(それとも誰かを)探しに広間をそっと通り抜けて行く。(九)

それぞれの人物には「おじさん」「おばさん」の敬称がつけられているので、ローラから見てそれぞれがそれに当たる人物であることは判る。この作品では人名にどのような敬称がつけられているか、あるいは全然つけられていないかによって読者は頭の中に家系図を描き、その人名がその家系図に占める位置を確認していかねばならない。とりわけ、マックなどという普通は男子名の人名がローラのおばさんであることは「おばさん」という敬称がつけられていて初めて可能なのだ。それでもここだけでは、それが実は「大おばさん」(great-aunt)であることは判らないし、またバトルとジョージとが兄弟で、「エレンおばさん」がバトルの妻であることも判らない。それに一口に「おじさん」といってもバトルが伯父で、ジョージが叔父であることも判らない。

そのうえ、Great-Great Uncle Battle とか Great-Grandfather George Fairchild というのもあって、後者は「ジョージ・フェアチャイルドひいじいさん」と言えるにしても前者は日本語ではどう呼んだらいいのだろうか。逆に、ローラのいとこたちについては何の敬称もつけず、単にオーリン、ロイ、リトル・バトル、ラニーなどと語られるか、あるいは年上のいとこには「いとこのシェリー」、「いとこのダブニー」、「いとこのモリーン」という呼び方がされている。しかし、その場合でも、シェリーとダブニーがバトルの娘たちで、モリーンはバトルの死んだ兄デニスの孤児であることは最初のうちは判らないのである。

女の視点――エレン、ダブニー、ロビー、おば、大おばたち

この物語では、九歳のローラの視点に加えて、花嫁の母親のエレン、花嫁のダブニー、ジョージおじさんの妻ロビー、その他おば、大おばたちなどの女の視点から語られることが圧倒的に多いのに気づく。逆に言えば、男たちが自分の考えをはっきりと表明することはほとんどない。例えば、ダブニ

ーの父親のバトルは今度の結婚には必ずしも満足していないらしいのだが、そのことを本人がはっきり口にすることはないし、また語りの中で説明されることもない。読者は母親エレンの不安な気持ちが語られるところや彼女の会話から、あるいは、ダブニーの気遣いからどうもそうらしいと推測するのである。このことはダブニーの結婚についてだけに限らない。繰り返し言及される、鉄橋でジョージが命をかけてモリーンを救おうとした事件についても、女たちはジョージがなぜそうしたかさまざまに憶測するが、肝心のジョージがそれについては何も言わないでいるのである。

しかし、考えてみれば、フェアチャイルド家で大人の男と言えばバトルとジョージしかいない。それに較べて女はおばや大おばまでもいるから、したがって全体として作品の中で彼女たちがしゃべる量は男たちのそれにはるかに勝る。

鉄橋での事件

右に触れた鉄橋での出来事というのは、ローラがフェアチャイルズにやってくる一週間余り前の日曜日、フェアチャイルド家の人々がピクニックに出かけての帰り道、鉄橋を渡っていると列車「イエロー・ドッグ」が近づいてきたというものである。他のみんなは鉄橋から飛び降りたが、デニスの孤児で知恵遅れのモリーンは足が線路に挟まって動けなくなった。その時、おじのジョージだけは留まってモリーンを助けようとした。まさしく危機一髪、列車は二人の直前でかろうじて停止することが出来たのであった。

ダブニーの姉シェリーは第三部第五章の視点的人物になっている。その彼女はこの事件のせいで生じたと思われる二つの結果を挙げている。一つは、シェリーは、この事件の後「ジョージとその妻ロビーが互いに非常に深く、彼女にはとてもわからないくらいに傷つけあった」と感じとったこと。そして、「あの橋の上でのわだかまりこそ、ロビーがジョージの許を去ったのに、彼は彼女を追いかけていかない理由ではないか」と推測する。ここでシェリーが感じたこと、あるいは推測したことが当たっているかどうかは別にして、とりあえず事実として、今のところ、結婚式に参列するためにジョージは一人でやってきており、ロビーは姿を現さないでいる。

もう一つは、ダブニーはあのとき命の危険が去ったと判り、「列車が通り過ぎると、トロイといっしょに線路を歩き出し、結婚の約束をした」こと。なぜそうなったのか。

ジョージの姉で、死んだデニスの妹であるテンプおばさんが鉄橋での出来事を耳にした時には「もちろん、ジョージはデニスのためにそんなことをしたんだわ」と言った。テンプおばさんは「まるで天気の話をするような口調で」そう言い、「みんなが家族の誇りにしているのはデニスおじさんであり、将来もずっとそうであろう」ということが間違いなくわかるような話ぶりであったという。この後、デニスがいかに家族の誇りであったか、それを具体的に列挙する語りが行われる。「(デニスは)何か仕出かす男だった。どんなことだってやれる男だった。ただし、まだ腕を振るわないうちにとつぜん（戦争で）世を去ったけれど」という話ぶりからも判るように、デニスは、テンプおばさんのみならずフェアチャイルド家の者みんなが、完全に神話化してしまっている人物なのである。モリーンはそのデニスが残した子供であるから、「ジョージはデニスのためにそんなことをしたんだわ」というのも当然考えられる理由であった。

次に、ジョージの妻ロビーはこの事件をどう見たか。彼女は「ジョージ・フェアチャイルドはあの馬鹿な娘のために『イエロー・ドッグ』にもうちょっとで轢かれそうになった。あたしのことなんかちっとも考えないで」と発言し、さらに次のように語る。

あのとき、鉄橋の手前のところで、あたしはハイヒールをはいたまま、やっきになっていたし、妊娠したかもしれないと思っていたので、あなたの生命が大事なのよと彼（ジョージ）に言っていた。あたしは止めようとしたのに、叱られたり、反対されたり、馬鹿にされたり、いじめられたりするだけだった。あたしが跳び上がって彼に振り返らせ、注意させようとしたとき、あたしは恐怖のあまり、あのフェアチャイルド家の女たち特有の仮面をかぶってしまっていた——愛情のせいかしら？　あたしのためにもどってきてくれと叫んでいた。それなのに彼は、あの気違いの子供を命がけでかばっていたのだ。あのとき彼がかぶっていたフェアチャイルド家の仮面はあたしへ投げ渡されたのだろうか？　あの人は分別などせがまないモリーンへと手をさしのべていた。　（一四六）

ここでロビーが言う「フェアチャイルド家の仮面」とは何か？

その前に、さらに、今度はフェアチャイルド家の主婦エレンが鉄橋での事件をどう考えたのかを見てみよう。

……彼女（エレン）はあの鉄橋の上でのほとんど災厄と呼んでもいいような事件が、最近自分の家族のなかで起こったいろいろな事件の核心に（今まで自分が思っていたよりもはるかに）迫っていたらしいと感じていたのである。ちょうど夏の稲妻が空一面に光りながら、しかし、そのつど、やがて大空の神経のように苦悶しながら一カ所に集中するのが見えるのと同じように。（一五七）

ここでも、「いろいろな事件」とは何か？

また、つかの間でもジョージの許を去ったロビーにとっては「イエロー・ドッグ」の事件をそうは簡単に終息させるわけにはいかない。

ロビーにとっては、あの事件は彼女の夫の悪い側面を示したものであった。それは彼女が保護しなければならない彼の傲慢な挑戦者という面を表したのだ。ロビーには、あのときの彼の様子は、フェアチャイルド家が彼に与えている偽りの地位の縮図のように見える。（一八八）

これについては、エレンは次のように考える。

しかし、エレンは、ジョージが挑戦的な人間でなんかないということをよく知っていた。ただ彼は、ロビーのおかしなハイスクール言葉で言えば、「自惚れが強い」だけなんじゃないかしら？　あの人はひどく無頓着な（disrespectful）男――エレンなら彼のことをそう呼んだだろう。なぜなら、みんなはそんなことを考えてはいなかったけれど、彼はあのとき死を覚悟していたのだから。（一八八）

このようにして、「イエロー・ドッグ」事件は関係する多くの人たちの口にのぼり、さまざまに解釈されてフェアチャイルド家の象徴的出来事として作品全体の一つの重要なモチーフになっている。そして、エレンが最後に下す結論はこうである。

いや、家族の者たちは、イエロー・ドッグの事件を、散歩の途中に起こり、愛する者たちの悶着で終わった途方もない気晴らしとして、いつまでも記憶することだろう。それというのも、運命的な瞬間が過ぎ去ると、それとともに深刻な問題は消え失せ、ロマンチックで愚かしい印象だけが残ったからだ。（一八八）

かくして、この事件もフェアチャイルド家に重大な影響を及ぼすことなく平穏無事に解決したかのように見えた。

フェアチャイルド家の歴史

家出をしていたロビーも、結局は結婚式に参列するために、フェアチャイルド家の屋敷に向かうことになる。その途上の様子は次のように語られている。

（ロビーは）フェアチャイルド家のデドニング・フィールド（Deadening Field）を通り抜ける道を歩いていた。なんて広い畑だろう。由緒あるフェアチャイルド家が始まったのはこの場所からなのだ。百年前に森の樹々を死滅（deaden）させて土地を手に入れたのだ。（一四四）

Deaden という語は、動詞として「(木を) 枯死させる」、また木を枯死させて「(土地を) 開墾する」という意味を持っている。それが今ではフェアチャイルド家所有の土地の名前になっているのだ。百年前、つまり、一八二〇年代にここミシシッピ州デルタ地方にスコットランド出身（？）のフェアチャイルド家（ローラには Great-Great-Grandfather に当たる人で名はジョージ）は農園（シェルマウンド大農園）を初めて持ったことになる。その次にローラの曽祖父（Great-Grandfather）が「ヤズー川荒野の開

図3-2●復元された1850年代デルタ地方の棉大農園邸宅

拓もした」（二八）のであった。この曽祖父は名をジェイムズと言い、一八九〇年、南部の風習に特徴的な、名誉にかかわる「決闘」で死亡。妻のローラ・アレンも傷心のあまり間もなく亡くなって、残された八人の子供たちは、南北戦争で未亡人になった姉妹たち（これをCivil War-widowed sistersという）によって育てられることになった。その姉妹とはローラが「マック大おばさん」、「シャノン大おばさん」と呼ぶ人たちのことで、彼女たちも今度の結婚式には参列するためにやってきた。

その八人の子供たちの長兄はデニスであったが、（第一次大戦で）戦死、妻のヴァージー・リーは娘の「モリーンを赤ん坊のとき頭から逆さに落として」知恵遅れにしてしまったことを悔やんで蟄居してしまった。

したがって、繰り返し述べれば、現在フェアチャイルド家を継いでいるのは次兄のバトルである。ローラはバトルの妹のアニー・ローリーの娘である。バトルと妻のエレンの間にはシェリーを筆頭にこれまた八人の子供がいて、今度結婚するのが次女のダブニー（十七歳）であった。

Marry Beneath Oneself (1)——バトルとエレン

このように由緒ある(?)大農園のフェアチャイルド家にとって、その一員が大農園主以外の家柄の人間と結婚することは"marry beneath oneself"すなわち、「自分より身分の下の者と結婚する」ことに他ならなかった。

しかし、そのフェアチャイルド家の当主バトルの妻エレン自身が、ヴァージニア州の出身ではあるものの大農園の娘であったかどうかはつまびらかでない。彼女について判っていることは、「エレンが九歳のときヴァージニア州ミッチェム・コーナーズで母親がある男とイギリスへ駆け落ちし、三年間そこで暮らしてから帰ってきた。母はまた元の生活に落ちつき、そして家の中は以前の通りになった。ちょうど神の御業と同じように、母の情熱は説明もされず打ち消しもされず――単なる一つの現象ということになった。『ミッチェムでは一度だけの過ちは許される』。これはミッチェム・コーナーズの老婆たちが口にすることとわざだったけれど、実際、その通りになった」(一五七)という事実。それに義理の妹テンプがエレンについて次のように思いをめぐらすこと。すなわち、「バトルが無口で頑固だといって笑いながら、学校から連れてきた、あの内気で目の大きい少女――エレン。遠くからやってきて、ヴァージニアの者にしては珍しく、いろいろな点で譲歩したけれど、未だにこの部屋いっぱいの人々の群は、彼女の本来の環境ではないのだ。大農園は彼女の本当の家にはならなかったのだ」（一九〇）ということ。

ここで述べられている「ヴァージニアの者にしては珍しく、いろいろな点で譲歩したけれど」というのは、同じ南部と言ってもヴァージニア州とミシシッピ州では風俗習慣が違い、したがって人間も違うことが指摘されている（概して、ヴァージニア人は気位が高い）。そして、大農園の特徴である大家族は「彼女の本来の環境でない」というのは、エレンが大農園の出身ではないことを思わせるし、また、「大農園は彼女の本当の家にはならなかった」（a plantation was not her true home）という言い方からは、そうでないことがほぼ確実である。

しかし、今では、そのエレンももはや揺るぎようもなくフェアチャイルド家の主婦の座におさまっていた。

エレンは、バトルと並んで、前方を眺めながら馬車に乗っていた。彼らは二人とも、どっしりと腰を落ちつけて、いい気持ちで黙り込んでいる。少し重々しいリズムで呼吸することも、ときどき、彼ら二人に一体感を味わわせる。畑また畑の繰り返し、季節の繰り返し、そしてあたしの生活の繰り返し――しかしその単調さのなかになにか美しいものがあって報われる――あたしのなかの女性的なものにとっては、それが報いになる、とエレンは考えていた。（二四〇）

エレンは、母なし児のローラに対して、父の許に帰らないでシェルマウンド大農園に留まらないか、つまり、フェアチャイルド家の養子にならないかと言ってやるほどまでに家の一員になりきっていた。

Marry Beneath Oneself (2)――ジョージとロビー

バトルの弟ジョージも、姉テンプによれば、「自分より身分の低い者と結婚した」のだった。ジョージの妻ロビーはフェアチャイルズの店で働いていた「スワンソンおやじ」の孫娘であり、彼女の父はリード治安判事、母のスワンソンは女教師であった。ロビー自身も教師志望であった。そんな「ロビーは今まで自分に土地とか財産などないことを変だと思ったことは一度だってなかった。リード家やスワンソン家は農園主になったことがないのだ」(一四五)。したがって、彼女が言うには「わたしはあの家に嫁いだのではないわ! ジョージと結婚したのだわ!」(I didn't marry into them! I married George!)(一四一)ということになる。

あたしの夫にふさわしいのは、ただ純金のような愛情だけ、そばにいさえすればいいという……あたしの愛情だけ。フェアチャイルド家の者の愛情の、あの支配と押しつけがましさから、彼を守るのはあたしだけ。そして、あの家族の者の愛情はいぜんとして彼を説き伏せ、彼に嘆願し、彼に対して勝ち誇り、軽蔑し、許し、慰め、欺き、告白し、彼に屈服し、彼をいじめ……ただ微笑を浮かべるだけで、別にどうということはない。あのフェアチャイルド家のやり口。そんなふうにしてあの人たちは何でも自分の恐れているものを避けるけれども、ときには心から欲しているものまで避けることになる。

ロビーは真実を求めていた。自分でも訳のわからないほどの激しさで真実を求めていた。まるで自分の生活には真実というものがなかったかのように。……ジョージの肉体の衝撃を求めるのと同じくらい熱心に、直接的に、真実を求めていた。ジョージを愛することは、妖精の国のようなシェルマウンドの世界のなかの、偽りのない現実に触れるようになることを意味した……。（一四八―九）

ロビーの考えでは、自分のジョージに対する愛情は「純金のような愛情」であるのに対して、フェアチャイルド家の人々のそれは偽りの愛情であることになる。したがって、ロビーにとってジョージを愛することは、真実を求めること、すなわち、フェアチャイルド家のシェルマウンド大農園の中にありながらも「偽りのない現実に触れるようになることを意味した」のである。彼女はフェアチャイルド家という家族とジョージという個人とを截然と分けて考え、自分が愛したのは後者の方であることをここでは言っている。

それゆえ、ジョージがそんな家族のために命を賭けた（「イエロー・ドッグ」に轢かれるかも知れないという危険を冒した）ことはロビーには許せないことであり、そのために彼の許を去っても当然のことであったのだ。

しかし、ジョージは追いかけてきて自分を探そうとしない。そのことがロビーにはくやしくてたまらない。

「どうしてわからなかったのかしら！　あの人があたしを探してくれないってことが。どうしてわからなかったのかしら……あんな男殺してしまいたい！　シェルマウンドで、のうのうとハンモックに寝ているなんて」とロビーは叫んだ。「川浚《ざら》えをしても探してくれるにちがいないと思っていたのに」（一四一）

Marry Beneath Oneself (3)——トロイとダブニー

バトルの次女ダブニーが結婚する相手であるトロイは農園監督（overseer）だった。この結婚はフェアチャイルド家にとって〝marry beneath oneself〟の最たるものであった。というのも、トロイの身分である農園監督とは、もともと南北戦争以前の旧南部にあっては奴隷監督のことで、彼らは多くの黒人奴隷小屋の間にある丸太小屋に住み、「読み書き以上のことはほとんどできず、粗野で無教養な階級に属していて、その職業柄野蛮で、南部では彼らが監督する黒人に較べて少しも優れるところはないと見なされていた」からである。農園主の家族との交際にも入れてもらえず、「その地位も（白人が就く仕事の中では最も低く下劣なものと考えられていた）奴隷商人（Negro trader）よりはましという程度のものだった」という。(4)これはもちろん奴隷制の旧南部時代のことであり、解放後五十年以上も経過した現在（一九二三年）ではその差別はうんと薄れてはいるもののフェアチャイルド家の人々にとっては、ダブニーの結婚は自分たちの農園の使用人との結婚であり、それにはいかんともし難いこだわりや不安があったのは当然である。

いったいトロイとは何者だという不安と疑念。そう考えると、結婚という慶事も「危険に包まれた幸福」に思われた。

そして、彼女（母親のエレン）はダブニーをあまりにも愛しているものだから、ダブニーの将来のことを考えても気がかりで仕方がないのである。その危険さを今、一族のみんなが嘆き悲しんでいて、危険に包まれた幸福として見ているわけだけれども。前にはみんなが、「ロビー・リードだって！」と言っていたものだが、それが今は「トロイ・フレイヴィンって何者だね？」という台詞に代わっている。実際、トロイ・フレイヴィンなんて、フェアチャイルド家の農園監督にすぎないじゃない。だれひとり、何も知らない。わかっていることといえば、山の方に母親が住んでいるということだけ。そして、これが今、（父親の）バトルを悩ましている問題なのである。（二六）

しかし、トロイの母親は、結婚式には出られない代わりに祝いとして自分で刺繍をしたきれいな羽根布団を送ってきた。するとエレンの心は和み、不安は少しずつ解消されてくる。

「お母さんはどこにいらしたの？　トロイ、あなたのお家はどこにあったの？」と彼女（エレン）はそっとたずねた。これこそ彼女が、今までとても知りたかったことなのだ。もちろん、バトルなら、こういうことを男の人にたずねなんか決してしない。

「過去形でおっしゃったけれど、ママは死んでませんよ！　あまりしょっちゅう手紙はよこしませんし、その点でぼくも母親似ですけれど。ティショミンゴ・ヒルズのベア・クリークに住んでます。それからクロセット編みも毛糸を紡ぐこともできますよ――ものすごく上手なんです」（九四）

この羽根布団はフェアチャイルド家の女たちの賞賛の的となった。

このトロイは、ロビーとは違って、「自分は結婚してあの家族に入り込む」（I'm marrying into that family）（二四一）と言ってはばからない。もちろん、フェアチャイルド家が「閉鎖的な家族」（a close family）であることを十分知っていながらである。そして、シェリーに言わせれば、「トロイはお父さん（すなわち、シェリーの父親でフェアチャイルド家の当主）の真似をしている」（一九六）と思われたこともあったという。このことは重要な意味を持っているように思われるので後で改めて考えてみたい。

一方、ダブニーの方は十七歳の若さで二倍も年上の、しかも明らかに身分の違いがあり、家族の反対を押し切ってまでも、どうしてトロイと結婚する気になったのか。

フェアチャイルド家の危機——四人の女の妊娠

フェアチャイルド家の女たちで、妊娠していることが一番はっきりしているのはエレンである。彼女は十回目の妊娠をしたと語られているが、バトルとエレンの子供たちは現在八人であるから、二人は子供を一人亡くしていることになる。一見、最も幸せそうに見えるこのフェアチャイルド家の夫婦にもすでに悲劇はあったことになる。しかし、今度の妊娠は娘の結婚式の前日、すなわち、ジョージの許を飛び出していたロビーも式に間に合うように駆けつけてきて、夫もダブニーの結婚を許して「ほんのしばらくだけれど、とにかくすばらしい生活」とエレンには思われた時のことであった。

その彼女の妊娠と較べると他の三人の女性のそれはどちらかというと曖昧さを伴っていて、その分危うさを秘めていると考えられる。まず、ジョージの許を飛び出すことになったロビーの妊娠が本当にそうであったかどうかは判然としない。彼女が妊娠したかもしれないと思ったのは、先の引用にもあるように、あの鉄橋の事件の時である。生まれてくる子供のためにも「あなたの命が大事なのよ」とジョージに言ってはみたが、果たしてそれが本当の理由であったかどうか。命を賭けてまで救おうとするモリーンへの、ひいてはフェアチャイルド家の人々への嫉妬のために思わず嘘を言った可能性がないでもない。あるいは、積極的に嘘をつかないまでも、自分で妊娠を信じてしまったのかもしれない。とにかく、この後、すでに触れたように、「互いに非常に深く、自分にはとてもわからないくらいに傷つけあって」「ロビーがジョージの許を去ったのに、彼は彼女を追いかけて行かなかった」のだ。

次に、ダブニーが十七歳の若さで、しかも、姉のシェリーを差し置いて、そのうえ、明らかに身分も下で二倍も年上のトロイと結婚する気になったのは、バーバラ・ハレル・カーソン教授の説によれば、彼女が妊娠していたからであるという。

ジム・アレンおばさんとプリムローズおばさんの住むグローヴ屋敷で先祖のメアリ・シャノンの肖像画が飾られているのを見て、

ダブニーはメアリ・シャノンが腕を組んでいるのは、間もなく最初の子供が生まれるからだろうと思っていた。（四一）

そして、この後、ダブニーもその真似をして、自らも手を組み、「立派に挑発的な姿勢」をして見せたこと、それに、ジョージがみやげに持ってきたありったけのシャンペンをこれみよがしにしてジム・アレンおばさんが「これで人々に見るものを見せてやれる」（That will show people）と叫ぶのはこの地方の名門がなぜそんなことをする必要があるのかと読者をいぶかしげに、すなわち、このようにすることによって、彼女はダブニーがトロイのような男とやむをえず結婚しなければならない事情を、つまり妊娠を隠蔽しようとしているのではないかと思わせること、以上二つの点を根拠に、カーソン教授は「読者はしかと気づかぬとも、ウェルティはダブニーが結婚を急ぐ理由は妊娠しているからであるといういくつかのヒントを与えている」と指摘している(5)。

確かに、鉄橋での事件直後婚約し、たった二週間で結婚するダブニーには急がねばならぬ理由があり、それが妊娠していたという理由であったというのはなるほどとうなずける。しかし、カーソン教授が挙げるその根拠はいかにも微妙である。「妊娠していたに違いない」という理由が欲しくてとってつけたような根拠であるような感がしないでもない。だからこそ、そこのところを、教授も「読者はしかと気づかぬとも」と言わざるをえないのだろう。

それでも、われわれは、カーソン教授の挙げる根拠の当否の判断は別にして、ダブニーが妊娠していたのではないかと想像することは十分できる。そして、もしそうなら、なぜそうなったかと考え、ダブニーという娘の性質、気性を検討してみなければならないし、また、二人の結婚がフェアチャイルド家に与える影響や意味も問題にしなければならない。

さらに、もう一件、これもきわめて微妙な根拠であるが、今度はグレトランド教授が、トロイは召使いの黒人女ピンチーに子供を生ませていたという説を唱える。トロイはダブニーとの婚約以来ピンチーが自分につきまとうことに辟易しており、「いたるところでおまえの姿を見るのはうんざりだ」

と叫ぶこと、また、ピンチーのことが語られる時に「彼女は"come through"した」という表現が何カ所かで見られ、この表現には俗語で「出産する」という意味があることを指摘して、この二つの根拠からグレトランド教授は、ピンチーがトロイの子供を生んだと言うのである。つまり、農園監督と黒人女の間で性的関係があったことを主張する。[6] このような出来事は旧南部では必ずしもめずらしいことではなかった。が、これが一九二三年の時点での出来事で、しかもその男が今度の結婚相手であるとするならば、表向きは平穏無事に見える大農園主フェアチャイルド家の秩序にもやはりかなりの危機が潜んでいることになる。

女と土地

このようにして、エレンの妊娠は別にして、ロビーやダブニーの妊娠、そして、ピンチーの出産は、もしそれが本当なら、フェアチャイルド家の者たちには困惑の種であったに違いない。ロビーの妊娠は真実であろうとなかろうと、彼女がそれを訴えたこと自体、夫ジョージへの、そして、ジョージが代表するフェアチャイルド家という農園主一族に対する嫉妬であり、また、その偽善性の指摘でもあったと考えられよう。さらに、ダブニーの妊娠とピンチーの出産は、農園主、農園監督、黒人女という異なった階級間の結婚や性的関係を意味し、秩序の混乱を招くことになる。

もちろん、エレンの妊娠を除いて他の女性の妊娠や出産は読者には気づかぬくらいに微妙に語られている。あるいは、本当のところは、そんなことは語られておらず、単なる憶測に過ぎないのかもしれない。しかしながら、かりにそういう事実があったにしても、また彼女たちがいかにお喋りであったとしても、フェアチャイルド家の女たちはそれを決してあからさまに口にしたり態度で示したりすることはない。それがフェアチャイルド家なのである。ロビーならそれをフェアチャイルド家の「偽善」と言うであろう。それとも、すでにフェアチャイルド家の押しも押されもせぬ一員となった（あるいは「フェアチャイルド家の女特有の仮面をかぶってしまった」）エレンなら、あの鉄橋での事件と同じく、「深刻な問題は消え失せ、ロマンチックで愚かしい印象だけが残った」と言うことであろう。あらゆる出来事を取り込んで、取り繕ってきたのがフェアチャイルド家の女たちなのである。なぜなら、嫁いできたロビーが敏感にも気づいたように、フェアチャイルド家を、すなわち、シェルマウンド農園（土地）を維持してきたのは女たちであったからだ。

フェアチャイルド家の女たちは男たちにひじょうに多くのことを要求する――争って。テンプさんは特に威張るし、内気で優しいプリムローズさんやジム・アレンさんも別のやり方で競いあっているのだ。もちろん、フェアチャイルド家の女たちは何を要求すべきかを知っている。というのは、フェアチャイルド家の男たちのような人々を相手にしていれば、女がいつも牛耳ることになるからだ。ロビーは牛耳るのは男の役目だと信じていた（ジョージもフェアチャイルド家の男にふさわしく単純で気むずかしかったが、しかしやはり女に牛耳られる男なのだ）。フェアチャイルド家の女たちが南北戦争以来、あるいは――はっきりわからないけれど――インディアンのころ以来、家のなかをきりまわし、万事を自分たちできめる――男たちがきめるのではない――ということは悪名たかかったのだ。土地を相続するのは女たちで、彼女らの兄弟たちはやさしい気持でそれを受け取るのだ。

デルタでは土地は女に属していた。彼女らがただそれを男たちに持たせてやり、そしてときどきそれを取り返してほかのだれかに与えようとするだけなのだ。（一四四―五）

フェアチャイルド家の女たちはしたたかなのである。

デルタの結婚（式）

ダブニーが身分や階級、年齢差を乗り越え、そして、ことによると妊娠までして、農園監督のトロイと結婚しようとしたのはフェアチャイルド家の女特有のしたたかさを無意識のうちに、というよりもほとんど本能的に身につけていたせいではないだろうか。トロイという男はなるほどどこの馬の骨か判らない。しかも、ことによると黒人女を妊娠させたかもしれない。しかし、すでに述べたように、彼は「結婚してあの家族に入り込む」（I'm marrying into that family）と言ってはばからなかったのだ。

このトロイが、将来大農園主に相応しいのは、姉のシェリーが目撃したように、畑作黒人（field

Negro）たちが反抗しようものなら彼が加える制裁は極めて厳しく、「本物のデルタ男、農園主はまさしくこういうもの」（a real Deltan, a planter, were no more than that）ではないかと思われたくらいであった。そのうえ、先にも触れたように、シェリーには「トロイはお父さんの真似をしようとしている（Troy was trying to imitate her father）と思われる」ところがあったという。

このシェリーという娘もまだ二十歳にもならないのに、「あらゆる男は自分がしていることがよくわかっていない」、ただ「他の男の真似をしているだけだ」、あるいは「男というものは子供と同じだ」と感じ、「女にはもうすこしよく物事がわかっている――わかっていることを

図3-3●デルタ地方の棉摘み、1890年代

隠しておかなくちゃならないけれど……そう、永遠に！」と日記に書くくらいに世故に長けている。

結婚式が済んで数日後、新婚旅行から帰ってきたトロイとダブニーも含めてフェアチャイルド家の者たちがピクニックに出かけたとき、ジョージはこれからは農園には棉花だけではなく、果樹、牧畜、野菜、園芸もやってみたいと提案する。それに対して、

「あなたの考えに賛成です、ジョージ」とトロイが歌のあいまに、ゆっくりと言った。「野菜を栽培して、まわりに牛を飼うなんて。ぼくは小さなジャージー種の牛が一番好きなんですよ」（二四六）

その後、ジョージは「ぼくたちは、気があうようだね……」と言った。ダブニーは、すでに述べたように、すべてこうなることを無意識のうちに知っていて、それとも、本能的に感じて、トロイと結婚したのであろう。これこそ「デルタの結婚（式）」であった。

註

（1）Eudora Welty, *Delta Wedding* (Harcourt, Brace, 1945). 以下本書からの引用はすべて括弧内にその頁数を示す。なお、訳は丸谷才一氏のもの（中央公論『世界の文学』版）をなるべく踏襲した。

（2）Cf. Peggy Whitman Prenshaw ed., *Conversations with Eudora Welty* (University Press of Mississippi, 1984), pp. 49–50.

（3）Jan Nordby Gretlund, *Eudora Welty's Aesthetics of Place* (University of South Carolina Press, 1994), p. 105.

（4）John Q. Anderson ed., *Brokenburn, The Journal of Kate Stone 1861–1868* (Lousiana State University Press, 1955) , p. 5.

（5）Barbara Harrell Carson, *Eudora Welty : Two Pictures at Once in Her Frame* (Whitston, 1992), p. 77.

（6）Gretlund, pp. 116–7.

第4章……『ポンダー家の心』——エドナ・アールの腐心

「あなた」とは誰か?

『ポンダー家の心』[1]（*The Ponder Heart* 1954）の冒頭の書き出しは次のようになっている。

わたしのダニエル叔父さんは、あなたにおじさんがあればの話ですが、あなたのおじさんと変わりありません——ただ弱点が一つあります。ひとづきあいがよくて、夢中になってしまうのです。夕食の用意が出来ていようがいまいが、わたしたちの声が聞こえるとすぐにあの階段を降りてきます。ビューラ（ホテル）のロビーに腰掛けているあなたの姿が見えると、彼はソファの端に座り、それから徐々ににじり寄ってきて、あなたがどんな話をするかを知るのです。それからあなたをちょっと抱きしめ、ものを差し上げ始めます。恥ずかしそうにしても無駄です。彼は断るようなことはさせません。しかし、彼はそれほどしても、今日差し上げたものを明日には忘れてしまい、それをまた差し上げてしまうのです。これほど優しい気質はありません。あなたの頭上の帽子掛けに掛かっているのは彼のステットソン製の大きな灰色のフェルト帽です――何と大きなサイズの帽子を被っているかがお判りでしょう。（七）

これを読んで、まず当惑するのはここに出てくる代名詞の「わたし」と「あなた」がそれぞれ誰を指すのか特定されていないことである。これは「わたし」が語る物語であるらしいことが判っても、それが誰であるのかは、次の八頁の「エドナ・アール」と自分で自分に呼びかけているところに来てやっと判明する。「あなた」に至ってはこの物語で最後まで名前が知らされることはない。この場合、漠然とこの物語の読者一般を指すととりあえず考えざるをえない。

ところが、一一頁になると、次のような語りが、ごくさりげなくつけ加えられる。

あなたがここにいるのは車が故障したせいですが、ボドキン家の者に修理させることになるのでしょうね。

ところで、本を読んだりしても目を悪くするだけです。お話をしましょう。

（傍線の部分は原文ではイタリック）（一一）

こうなると、「あなた」とは漠然と読者一般であるという仮定を修正して、旅の途中に車を故障させて余儀なくこのビューラ・ホテルに泊まることになった人物というふうにもっと特定せざるをえない。それはどんな人物か。この直前に、エドナ・アールはこのホテルに宿泊する人々のこと、その中にはここを定宿にしている(実は薬のセールスマンであると後に語る)親しいスプリンガー氏がいることを語った後、右の「あなたが……」と言う。したがって、この「あなた」をこのスプリンガー氏同様、旅のセールスマン(男)と考えても不思議でない。現に批評家V・S・プリチェットなどはエドナ・アールが「旅のセールスマンにむりやり自分の話を聞かせている」(2)と解釈している。

「あなた」は男か女か?

しかし、これとは違った解釈もある。マリリン・アーノルド教授は「あなた」とは「ほぼ間違いなく若い女性で、たぶん恥ずかしがりやで素朴な人柄でもある」(3)という。その理由の一つとして、右に引用した冒頭の部分で、エドナ・アールが「ビューラ(ホテル)のロビーに腰掛けているあなたの姿が見えると、彼(ダニエル)はソファの端に座り、それから徐々ににじり寄ってきて、あなたがどんな話をするかを知るのです。それからあなたをちょっと抱きしめ、ものを差し上げ始めます。恥ずかしそうにしても無駄です」と語っているのを例にあげて、これこそ「若い女性に話しかけるのにまさしく相応しい態度」であると指摘する。なるほど、いかにダニエル叔父さんが変わり者でも、「にじり寄り」「抱きしめ」（hug）る相手は男性よりも女性と考えた方が自然であろう。また、「恥ずかしそうに」するのも若い素朴な女性の方がいっそう相応しい。

さらに、一一頁の「あなたがここにいるのは車が……」という箇所の「あなたが」の部分は原文ではイタリックになっている。これは「あなた」はスプリンガー氏のような旅のセールスマンではない（特別の人である）ことを強調していると考えてよい。

マリリン・アーノルド教授は、さらに論を推し進めて、語り手のエドナ・アールはこの「あなた」を「自分の車で旅をするくらいに十分自立し、それでいてダニエルに好きなようにさせるに十分控え目な若い女性」であると見なし、「おそらく、ダニエルの次の花嫁に相応しい候補者」と考えているのだと主張する。わたしにはこの解釈がもっとも面白く感じられ、なるほどと感心せざるをえない。ただし、疑問が一、二ないわけではないが、そのことは後で考えたい。

ドラマティック・モノローグ

この作品は、ミシシッピ州クレー（架空）の町でビューラというホテルを経営する中年女性（五十歳くらい）のエドナ・アール・ポンダーがもっぱら先の「あなた」に向かって語る物語である。エドナ・アールだけが語っていて、それに対して「あなた」が口を挟むことはない（細かいことを言えば、最後になってエドナ・アールは「あなた」以外に、女中のナーシスとダニエル叔父さん自身にも呼びかけている。もちろん、その返事はない)。こういう物語はいわゆる劇的独白(一人芝居、ドラマティック・モノローグ)の形式を具えた作品と言ってよい。ただし、一般のドラマティック・モノローグの聞き手が観客(それとも読者)であるのとは違って、この作品では、聞き手の「あなた」はたとえ何も言わなくとも登場人物としてつねにエドナ・アールの側にいる。

このエドナ・アールの独白がどこでいつ行われたかと言えば、それはビューラ・ホテルのロビーで、客の「あなた」がチェック・インしてから夕食までの間(この作品が比較的短いことから察して、せいぜい二、三時間くらい?)である。夕食の準備ができたところで、エドナ・アールの語りは(ということは作品も)終わっている(二五六)。そのせいか彼女の語り口には「ちょっとだけ話を元に戻すと」(I'll go back a little for a minute)(一七)、「とにかく」(at any rate)(二七)とか「とかくするうちに」(meantime)(三〇)、「かいつまんで話せば」(to make a long story short)(七五)といった語句が挿入されていて、どことなくせわしく感じられる。そんなふうにして彼女は何を語ったのか。

もちろん、自分とはあまり年齢の違わないダニエル叔父さんのこと、とりわけ、彼の二度にわたる破綻した結婚のことである。しかし、ここで作者のウェルティが次のように言っていることに注意する必要がある。「われわれはダニエル叔父さんを彼女(エドナ・アール)の目を通して見るのです。これは誰の目を通しても同じというわけではありません。さらに、われわれはエドナ・アールをわれわれの目を通して見ることになります。彼女は語り手だからです。そして、わたしがこの物語の中でやってみたかったことはこの劇的な筋の中でその二人の姿を露にすることだったのです[4]」。

ダニエル叔父さんの性癖

客観的に見ればダニエル・ポンダーはひとづきあいがよくて（he loves society）、話好きでもあるが、しかし、他人にすぐものをやるという奇癖の持ち主で、すでに二度結婚に失敗しているという困った人物である。しかし、エドナ・アールの口にかかると、冒頭の引用にあるように、ダニエル叔父さんは、ただ一つの弱点を除けば「あなたのおじさんと変わりない」し、その弱点である他人にすぐものをやるという奇癖も「これほど優しい気質はない」ということになる。

さらに、ひとづきあいがよくて、話好きな性質についてもエドナ・アールは次のように語る。

お客の姿が見えることは彼にはいつも無上の楽しみなのです。お客は口を開く必要はありません。ダニエル叔父さんには自分で話をする準備がいつも出来ているからです。それは了解事項です。わたしは彼が、必要でない限りは入ってこないような偶然の旅行者を捕まえるのではないかと心配したこともありました――すなわち、一連の質問をして話の腰を折り、ダニエル叔父さんのあら探しをして話をおしまいにさせるような連中のことです。ヤンキー（北部人）にはそんなのがいます。しかし、ダニエル叔父さんには第六感があって、そういう連中は避け、いつももっとくつろげる人に行き当たっていたよ

うです。あなたになら夢中になるでしょう。（一七）

ダニエル叔父さんは姪に譲ったはずのビューラ・ホテルにしょっちゅう顔を出し、そこの泊まり客を捕まえては、おそらく客の迷惑も構わずに話しかけているに違いない。しかし、ここでもエドナ・アールは叔父の話を迷惑に思うのは南部人に敵対するヤンキーくらいなもので、叔父は第六感で選んだ聞き手に対しては「くつろぐ」ことができるのだと弁護している。クレーのような南部の田舎町に投宿するヤンキーなど皆無に近いから、実際はほとんど誰もが黙ってダニエル叔父さんの話に耳を傾けているに違いない。場合によっては、話好きの欲求の犠牲になっているのかも知れない。それでも、エドナ・アールは叔父を弁護すると同時に、ついでに「あなたになら夢中になる」と「あなた」を持ち上げて、「あなた」が叔父の弱点を美点に思うようにし向けている。少なくとも弱点を大目に見るようにはさせているのである。

ダニエル・ポンダーは、二度目の妻ボニー・ディーの死について殺人容疑で裁判にかけられたとき、裁判所で傍聴人や陪審員に向かって札束をばらまくという挙に出る。これはこの事件の最大のクライマックスであるが、あまりに突拍子もない行動で、なぜ彼がそんなことをやってのけたのかその場にいた人々は（そして、読者も）まったく理解に苦しむ。しかし、よく考えると彼にはそうしなければならない必然性があったのだ。ダニエルはこの裁判で無罪を勝ち取るためには絶対に発言してはならないと弁護士やエドナ・アールから命令されていた。しかし、話好きの彼に辛抱できるはずがない。ついに「やらせてくれ」(Let-a-go)(一二九)と叫んで自分も証言台に立って喋ろうとするが、これもエドナ・アールに抑えられてしまう。ダニエル・ポンダーにとって話したい欲求を抑えられてしまえば、後は他人にものをやるという欲求しか残されていなかったのである。

だが、エドナ・アールは出来事そのものを語ってもその原因を説明することはないのだ。どうしてか? それは客の「あなた」にはできれば花嫁になって欲しいのだから、ダニエル叔父さんの弱点(?)である性癖にまで遡って説明をするよりも、事件は突拍子もないままに、あるいは謎のままに置いておく方が有利なように思われたに違いないからである。エドナ・アールは積極的に嘘をつかないまでも、沈黙によって真実を覆い隠すことくらい平気でやってのける。

ダニエル叔父さんの結婚

エドナ・アールと彼女の祖父(ダニエルにとっては父)は、四十歳代になったダニエル・ポンダーの結婚相手に未亡人のミス・ティーケイクを選んだ。しかし、二人の結婚については、エドナ・アールは「ときどきわたしたちは彼にあの未亡人を紹介しなかったらよかったと思うことがあります」と言い、その結果については、「それは不運でした。結婚は長続きしませんでした。わたしたちはミス・ティーケイクにはひどく失望しましたが、ダニエル叔父さんが戻ってきたことを喜びました」と述べているだけである。結婚の破綻の理由はほとんど説明されていない。ただ、彼女は「叔父さんはミス・ティーケイクの悪口は全然言わなかったし、彼女を愛していたのだと思います」と言っていることから判断すると、悪いのはミス・ティーケイク、あるいは少なくともどちらが悪いとは決めかねるとでも聞き手の「あなた」に理解して欲しそうなのである。

ところが、その後すぐ、エドナ・アールは、きわめてさりげなくではあるが、「そういうわけで祖父はダニエル叔父さんを精神病院に連れて行きました（So Grandpa carried Uncle Daniel to the asylum.）。が、間もなくダニエル叔父さんは祖父に逆ねじを食わせて、二度とそこに戻る必要はありませんでした」(二七）と短く（たった三行で）つけ加えている。ここで判らないのは「そういうわけで」とはどういうわけなのかということである。もちろん、精神病院に連れていくのだからダニエル叔父さんの頭はおかしい、そして、それが結婚の失敗の原因でもあったという前提があってのことでなければならない。少なくとも祖父はそう考えて精神病院に連れて行ったに違いない。しかし、エドナ・アールはその前提を認めていない、あるいは認めてもわざと隠しているのである。それどころか、祖父を出し抜いて病院から戻ってきたのだから、頭はおかしくなんかちっともないと主張しているように思われてくるのである。

次の結婚相手に、今度はダニエル叔父さん本人が選んだのは安物雑貨店で働く十七歳のボニー・ディー・ピーコックである。彼は彼女に一目惚れし「わたしには誰も住んでいない大きな屋敷と、父のスチュードベーカー（同社製の高級車）とがあります。さあ――結婚して下さい」（三〇）と求婚したのであった。年齢、出身、家柄から考えるとどう見てもうまく行きそうにない結婚の申し込みに対して、エドナ・アールによれば「彼女はただ試しに（on trial）結婚したことが判明したんですって。ポーク出身のミス・ボニー・ディー・ピーコックはキンレンカ（金蓮花）の花を口に咥えるのをやめて、そうしかできないと答えたのです」（四〇）ということになる。これは祖父の死を招くほどにショックな結婚であった。

それでも「この試験結婚は――それがそうであることをわたしたちはすっかり忘れていたのだが――五年と六カ月続き、そして、驚いたことに、ボニー・ディーはノーと決断したのでした」（四七）という。この後、ボニー・ディーの家出、新聞広告による捜索、突然の帰還、急死、その死をめぐってダニエルに対する殺人容疑とその裁判といった一連の騒動が続く。

「大きな相違」

どうしてボニー・ディーがダニエル叔父さんの求婚を受け入れたのか、その詳しい理由は判らない。ポンダー家の富に目がくらんだのかも知れない。「試験結婚」というのは、エドナ・アールや祖父にとってはとんでもないことであったとしても、ボニー・ディーが自己防衛のために本能的に思いついた方法だったとも考えられる。一方、ダニエル叔父さんの求婚はやはり無謀そのものであった。結婚の破綻について主として責められるべきはダニエル叔父さんであろう。

しかし、ここでもエドナ・アールの口調は一方的にダニエル叔父さんを責めることはない。

できればボニー・ディーに会って欲しかったわ。……そりゃあ、ダニエル叔父さんはとても頭がいいというわけではなかった。でも、間違いなくポンダー家というものが見られたの。ところが、あの哀れでちっちゃなボニー・ディーときたら！　とてつもなく大きな相違があったのです。彼はひたすら話し、彼女はそこにただ立って一言もしゃべらず、わたしがそこの木の下で行うがらくた市をひたすら見ていたのです。（三四―五）

ここまでは、エドナ・アールは二人のどちらが悪いというのではなく、二人の間にはただ「大きな相違」があったとしか主張していない。

ところが、次の引用では、どことなくボニー・ディーに非があるような口調になってくる。

哀れでちっちゃなボニー・ディーは微笑みの仕方も知らず、まるで猫のように欠伸ばかりしていたのです。あまりに繊細できゃしゃだったからちゃんと踵で立っていられなかったのじゃないかしら――体中、突き出たところはどこもなく、透けて見えたとしても不思議でないくらいでした。十七歳だった

のですが、そのままずっと十七歳でいつづけるようでした。（四二）

さらに、次のようなエドナ・アールの口調はボニー・ディーに同情しているかに聞こえるが、実際は召使いのいるような大きな屋敷を持っているポンダー家の富やダニエル叔父さん自身の人柄や著名ぶりを自慢しているのである。自慢というのが言い過ぎなら、それらを聞き手の「あなた」に少なくとも紹介していることは確かだ。

わたしには判らなくはありません。だって、人を疑うことを知らない哀れなダニエル叔父さんはあの娘（ボニー・ディー）をあそこに連れていって、部屋や納戸がたくさんあって、黒人たちがかしずくという大きな屋敷に住まわせたのです。彼女はそんな暮らしにまったく慣れていなかった。時々思い出したようにする以外には家事には慣れていなかったし、ましてや黒人たちにあれこれと指図することはできませんでした。一日中、どうしたらいいか自分の身の置き方が判らなかったのです。でも、そんなことをどうして彼に言えるでしょうか？　彼は年上ですし、それに申し分なくいい人だし、著名でもありました。（四八）

「レッドネック」のピーコック家

それにひきかえ、ボニー・ディーはポンダー家のその大きな屋敷に住むようになっても、「ピーコック家の者ならそうするに違いないように、洗濯機を玄関ポーチに置いていました」（六八）という口調には、ピーコック家の住宅がいかに小さくて狭いかを言おうとしているのが判る。ピーコック家の人々はアメリカ南部に典型的な「レッドネック」と呼ばれる無教養な貧乏白人であることをエドナ・アールははっきり口にすることはなくとも匂わせていることは確かだ。

ボニー・ディーの葬式は彼女の実家で行われることになった。そこでのピーコック家の人たちがどんなであったかは、彼女の母親の容姿と服装について語ることで端的に言い表している。

> ピーコック夫人は大柄で豚のように肥っていて、娘の葬式にテニス・シューズを履いているのでした――そうするより仕方なかったのでしょう。ボニー・ディーがえり抜きであったことがその葬式ですぐに判りました。（七六―七）

ボニー・ディーが「えり抜き」(the pick) であったというのは、彼女がピーコック家の出世頭、すなわちポンダー家に嫁いで玉の輿に乗ったことをエドナ・アールは言いたいのであろう。

また、母親が娘の葬儀にテニス・シューズを履いていたり、葬儀の行われている部屋の「ドアの後ろに箒がずっと立てかけてあった」（七八）と指摘するエドナ・アールの目は小姑のそれに近い。

そして、エドナ・アールのピーコック家批判は裁判の時のそれで止めを刺す。

彼ら（ピーコック家の人々）は一団となってやってきました。どちらも数えたわけではないが、ひょっとして葬式の時よりも裁判の時の方がピーコック家の人々の数は多かったのではないかと思います。彼らといっしょにポークの住民もすべて来ていたのではないかと思います。これまでに見かけたこともない人々もいました。

レッドネック（redneck）

「赤首」の意味で、南部の無教養な貧乏白人（poor whites）農場労働者を指す侮蔑語。農作業など炎天下での野外労働を強いられる南部の貧乏白人は「首が赤く日焼けしている」ことからこう呼ばれるようになった。粗野・人種［女性］差別・偏狭な考え・保守（反動）性・飲酒癖などが定型的な特徴。しかし、近年、その田舎臭さやワイルドさを誇りとするような傾向も出てきた。同じ様な侮蔑語に「クラッカー」（cracker）、「ヒルビリー」（hillbilly）などがあるが、微妙なニュアンスの違いがある。

ピーコック家の身内は、ダニエル叔父さんが贈ったしゃれたトラックで町に乗り込んできました。彼らの姿はポークでもかなりひどいものでしたが、クレーでのそれは必見でした！　田舎者そのものでした！　この裁判ざたを始めた張本人でありながら、自分たちがここにいることにきっと死ぬほど驚いていたのでしょう。（八六—七）

南部地主階級のポンダー家

クレーの町でビューラ・ホテルを経営し、丘の上には大きな屋敷を持つポンダー家は南部地主階級に属していた。しかし、裁判でダニエル叔父さんが札束を撒くという愚を犯した時には、ポンダー家の富に対する町の人々の批判（それとも嫉妬）が起こった。

二十四時間前、荒野のアフリカから帰国したばかりのシストランク家の長女「ミス・ミッショナリ（宣教師）」（本名はフロレット）が言うのです。「なるほどね、ポンダー家はシャーマンが侵攻してきたとき棉を焼却しなかったといつも話には聞いていたが、たぶん、これが彼らに下された審判なのでしょう」（一四六—七）

この批判は、南北戦争のとき、シャーマン将軍が率いる北軍の侵攻に際して、南部政府は敵が占領した場合その利益にならぬよう棉を焼却せよと命令したにもかかわらず、ポンダー家だけはそれに違反して焼却せずこっそり隠して富を蓄えたのではないかと非難しているのである。それに対して、エドナ・アールはすかさず反論する。

「その言葉を撤回しなさい、ミス・フロレット」とわたしは人々の頭越しに言いました。「ポンダー家はそんな方法で財を築いたのではありません。……わたしたちは松の木材を売ったのです。シャーマンの侵攻のずっと後になって。ご存じの筈よ」（一四七）

南北戦争後の再建時代、南部地域では北部資本が導入され、松の伐採による製材業は、例えば、南部作家ロバート・ペン・ウォレンの小説『王の臣すべてを以てしても』の舞台メイソン・シティがそうであったように、一種のブームであった。メイソン・シティはルイジアナ州に想定されているが、ミシシッピ州のクレーの町にもそのような歴史があったと想像される。エドナ・アールの反論がそのような南部の歴史的背景を踏まえて行われていることは見過ごされてはならない。

もっとも、それに対しては、「ヤンキー（北部人）に売ったことには変わりない！」（同）という今度はシストランク氏の捨て台詞もまた南部人ならではの感情がゆえに吐かれたものであることに注意しておきたい。

図4－1● *All the King's Men*『王の臣すべてを以てしても』表紙

図4－2●映画化された同作品のDVD

釣書

エドナ・アールがこれほどまでにダニエル叔父さんの肩を持った語りをビューラ・ホテルの宿泊客「あなた」に対して行うのは、「あなた」を三番目の花嫁候補として教化・啓発（cultivate）するための彼女の戦略であるというのが、先に紹介したマリリン・アーノルド教授の主張であった。教授はその主張にエドナ・アールの次のような発言を援用する。

> そして、ダニエル叔父さんはまた振り出しに戻ったのです。（相手に）ものをあげる段階から恋に落ちる段階に進み、恋に落ちる段階から話をする段階

に進み、話をする段階から持っていたものを失う段階に進み、持っていたものを失う段階から（相手に）逃げられる段階に進み、逃げられる段階からものをあげる段階にまっすぐ戻ったのです。

（一四八―九）

エドナ・アールはこの論理的必然（？）としてダニエル叔父さんが進む次の段階は恋に落ちることであると考え、そこでその候補である「あなた」に一生懸命叔父の長所を説いているのだとマリリン・アーノルド教授は主張するのだ。教授の考えにしたがえば、エドナ・アールが「あなた」に対して行ってきたドラマティック・モノローグはすべてダニエル叔父さんの結婚のためのいわば釣書であったことになる。

そう考えると、作品最後の箇所は、「あなた」にとって釣書に書かれた本人がいよいよ登場するというまことにスリリングな場面となる。エドナ・アールは召使いのナーシスにダニエル叔父さんと自分とそして「あなた」の三人分の夕飯の用意をしろと、初めて「あなた」以外の人物に、そして、「お客さまよ！」と誰よりもダニエル叔父さん自身に呼びかける。いよいよ見合いが始まるのだ。

（裁判でごたごたがあって以来）この三日間ここ（ビューラ・ホテル）には誰一人姿を見せません。……だから、あなたが（車の事故で）ここに入ってくるのを見ても気の毒に思いませんでした。ダニエル叔父さんも歓迎するでしょう。あなたが最初の人ですから！

……

……でも、もう夕飯の用意が出来た頃でしょう。

ナーシス！　テーブルには三人分用意しなさい！

……

大声で呼びましょう――ダニエル叔父さん！

もう一度注意しておきますが、彼は何かを差し上げようとするかも知れません――何か差し上げるものがあると考えるかも知れません。もしそうなれば、お願いがあるのです。それを受け取る振りをして戴けませんか。ありがとうとお礼を言って。

ダニエル叔父さん？　ダニエル叔父さんね！　お客さまよ！

もう降りてきますよ。


（傍線の部分は原文ではイタリック）（一五五―六）

ささやかな疑問

もっとも、マリリン・アーノルド教授のこの解釈に関して、ささやかな疑問がないわけではない。その第一は、エドナ・アールは「あなた」に対して次のように語っているが、果たしてこれは「あなた」を叔父の花嫁候補にしたいと考えている時に言う台詞であろうか？「あなた」を「品定め」(size up) しているとはあまりに露骨ではないか。さらに、その後の言葉もダニエル叔父さんを褒めるあまり、聞き手に失礼に聞こえはすまいか。

……わたしは無駄にビューラ・ホテルを経営しているのではないのです。お客の品定めをします。今だってあなたの品定めをしています。毎年毎年、人々がここにやってきて、この宿帳に記入し、泊まっては出ていきます――が、結局、彼らがどこの出身で、どれほど遠くからやってきたかなどどうでもいいことなのです――容貌や作法では誰もダニエル叔父さんの足元にも及ばないからです。(一一)

次に、ささやかな疑問の第二。

エドナ・アールはボニー・ディーの本当の死因が彼女をダニエル叔父さんがくすぐったためであること(これはダニエル叔父さん自身が告白しようとして口止めされた)を知っていたが、そのことを法廷では黙っていたと言う。また、自分は場合によっては嘘もつけると言う。これも「あなた」に対して言う必要のあることなのか。

さて、わたしはそのこと(本当の死因)をダニエル叔父さんのように法廷で証言し、さらにもう少し敷衍することもできたのですが、わたしには分別があってそんなことを試みすらしませんでした。それまで、わたしは、わざと口にするかあるいは黙っているという方法で嘘をつくということは、わたしの知る限り一度もありませんでした。でも、あの時はそれが必要だったので、どちらだってやってのけたのだと自負しています。（一四三）

第三の疑問は、ダニエル叔父さんが盛んに口にする脅し文句（これはこの作品の面白さの一つである）についてである。ダニエル叔父さんの弁護人ド・ヤンシー氏はこれを弁護するが、エドナ・アールは得々としてそのような脅し文句がポンダー家では日常茶飯事として受け継がれてきたことを語る。これも一見ポンダー家の短所を語っているように思われるから、言わずもがなではないか。


「でも、それは、どんな機会に口にされようとも、まったく罪のない言葉だったのですね？」とド・ヤンシー氏。

「そうだったと思います」

「それゆえ、ダニエル・ポンダー氏が『家に戻ってくれなきゃ殺してしまう』という伝言をミス・ボニー・ディーに送った時には、あなたの考えでは実際の脅しとしては何の意味もなかったのですね」

「それをおばあさんから受け継いだことを意味していただけです」とわたし。「そうなんです。彼にはおばあさんは口を開くごとに『殺してしまうよ』と言っていました――おばあさんが彼を育てたんですから。とても品のいい女性でしたが。が、『首をへし折るよ』『生皮を剥いでやるから』『脳味噌を叩き出すよ』と言うのです――ああ！　おばあさんのことが懐かしく思い出されますわ。……」（一一二）

しかしながら、結局は、これらの脅し文句もド・ヤンシー氏がまさしく言うように罪のない言葉であることがエドナ・アールによって明らかにされてはいるのだ。

さらに、第一、第二の疑問についても、エドナ・アールには単にダニエル叔父さんとポンダー家を褒め上げるという戦略だけに終始せず、自分のことを正直にありのままを述べる（それとも、正直ぶる）ことによって聞き手である「あなた」に好感を持ってもらいたいという狙いがあったと考えることもできる。そういう意味でもダニエル・アールはしたたかな戦略家であったと言えば、マリリン・アーノルド教授に肩を持ちすぎることになるだろうか。

もっとも、それほどまでにダニエル叔父さんの結婚に腐心するエドナ・アールをどう考えればいいのか？　最初に紹介したように、批評家V・S・プリチェットは「あなた」が花嫁候補に目されているという解釈は思いもつかなかったが、それでも彼が「彼女（エドナ・アール）は実はダン（ダニエル）叔父さんよりも重要人物で、彼の気違い沙汰（idiocy）を完全に相殺しているのは彼女の表面上の正常である。しかし、彼女も彼と同じくらい頭がおかしい（dotty）かもしれないと密かに暗示されていることが（物語を）いっそう面白くしているのである」[5]と言っているのはさすがである。そんなふうに指摘されると、われわれは南部地主階級の中年の未婚女性がダニエル叔父さんのような家族（家長）を抱えたときどんな行動に出るかについていろいろ考えさせられるのである。エドナ・アールの語り口にはポンダー家の心が潜んでいる。

註

（1） Eudora Welty, *The Ponder Heart* (Harcourt Brace, 1954). 以下本書からの引用はすべて括弧内にその頁数を示す。

（2） V. S. Pritchett, "Bossy Edna Earle Had a Word for Everything," Laurie Champion ed., *The Critical Response to Eudora Welty's Fiction* (Greenwood Press, 1994), p. 138.

（3） Marilyn Arnold, "The Strategy of Edna Earle Ponder," Dawn Trouard ed., *Eudora Welty, Eye of the Storyteller* (The Kent State University Press, 1989), p. 70.

（4） Peggy Whitman Prenshaw ed., *More Conversations with Eudora Welty* (University Press of Mississippi, 1996), pp. 131–2.

（5） Pritchett, p. 138.

第5章……『負け戦』——ダイアログの財産

ドラマ形式

ウェルティの最も長い作品（総四三六頁）である『負け戦』[1]（*Losing Battles* 1970）には、誰にもすぐ気がつく形式上の特徴が見られる。まず第一に、最初の頁の作品名の上に添えられた一本の桑の木（bois d'arc＝オセージオレンジ〔北米原産アメリカハリグワ属の高木〕）の木版画と、その後この作品を構成する六部のそれぞれの始まりの頁に印刷されている三本の桑の木の木版画（図5-1）。第二に、その作品名の頁から二頁置いてその次の頁には「小説の登場人物表」（Characters in the Novel）と作品の舞台となる「時」（Time）と「場所」（Place）が記されている（図5-2）。さらに次の頁には、ご丁寧に、ウェルティの手になるその「場所」の地図が付されている（図5-3）。

図5-1●『負け戦』の各部の最初のページの木版画

木版画の意味についてはおくとして、(2)作品冒頭に「登場人物表」、「時」、「場所」を掲げる形式は、言うまでもなく、劇作品のそれである。ウェルティは、同じ長篇小説（ノヴェル）でも『デルタの結婚式』ではこんなことをしなかった（しかし、短篇集『黄金のりんご』では「登場人物表」を掲げている。この点でも『黄金のりんご』が単なる短篇集ではないことが判る。詳細は第9章参照）。

ウェルティはこの作品ではある実験を試みたという。これまでの作品、とりわけ短篇では登場人物の内面に入り込んでそこから人物描写をすることが多かったが、今度はすべて登場人物の外面的な行動（アクション）とその人物が口にする言葉（ウェルティはこれをスピーチ、トーク、ダイアログと言い換えているが、これも行動の一部だと言う）を記述するだけで作品を仕上げることにしたという。(3)要するに、これは、劇形式で小説を書くことにしたと言えよう。

実際、この作品では、扱われている時間は一日（二十四時間）と翌日の半日余り、場所は主としてレンフロ家の居宅、そして、筋は「グラニー」（Granny「おばあちゃん」の意）の誕生祝いというふうに、古典劇の時・場所・筋の《三一致の法則》がほぼ守られている。

もっとも、作品は劇形式であっても、ウェルティは劇を書いたのではない。繰り返し言えば、劇形式を具えてはいるが、あくまで小説を書こうとしたことである。ここに小説作法についての彼女の意識が窺える。すなわち、この手法をとることによって、この作品は彼女なりの《モダニズム》に則って書かれていると考えてよい。彼女のモダニズムはヘミングウェイを思わせないでもないが、ヘミン

Characters in the Novel

THE FAMILY:

Elvira Jordan Vaughn, "Granny"

Her grandchildren:

Nathan Beecham
Curtis Beecham, m. Beck
Dolphus Beecham, m. Birdie
Percy Beecham, m. Nanny
Noah Webster Beecham, m. Cleo
Sam Dale Beecham (deceased)
Beulah Beecham, m. Ralph Renfro

Beulah and Ralph Renfro's children:

Jack, m. Gloria
Ella Fay
Etoyle
Elvie
Vaughn

Lady May Renfro, child of Jack and Gloria
Miss Lexie Renfro, sister of Mr. Renfro
Auntie Fay, sister of Mr. Renfro, m. Homer Champion
Various descendants and cousins and married kin of the Beechams

FROM BANNER COMMUNITY:

Brother Bethune, a Baptist preacher
Curly Stovall, Banner storekeeper
Miss Ora Stovall, his sister
Aycock Comfort, a friend of Jack's
Mr. Comfort and little Mis' Comfort, Aycock's father and mother
Earl Comfort, Aycock's uncle, a gravedigger
Willy Trimble, a jack-of-all-trades
Various others—Broadwees, Captain Billy Bangs, etc.

FROM ELSEWHERE:

Judge Oscar Moody, of Ludlow
Mrs. Maud Eva Moody, his wife
Miss Pet Hanks, telephone operator, of Medley
Miss Julia Mortimer, once the teacher of Banner School, now of Alliance

TIME:

A summer in the 1930's

PLACE:

The hill country of northeast Mississippi

図5-2●『負け戦』の登場人物と時間と場所

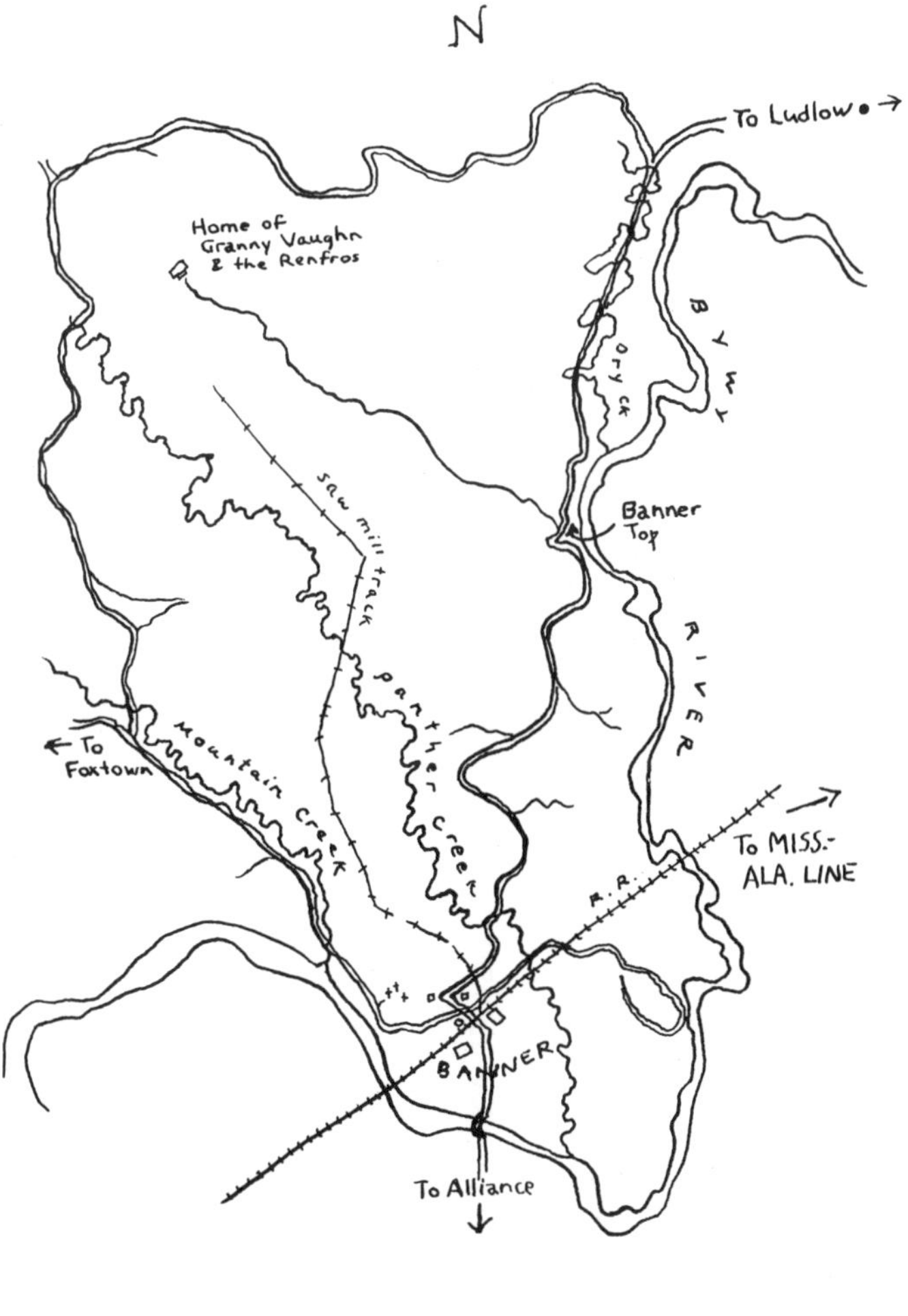

図5-3●ブーン郡バナーの地図

グウェイの手法が寡黙であるのに対し、彼女のそれは饒舌である。しかし、彼女自身はこの作品についてモダニズムという言葉を口にしたことはないし、われわれもまたその用語にこだわるよりもこの作品での形式と内容が具体的にいかに機能しあっているかを検討する方がもっと意味があるように思われる。

極貧の中で

右の「時」と「場所」によれば、作品の舞台は「一九三〇年代の夏」で、「ミシシッピ州北東部の丘陵地帯」とあり、「登場人物たち」は主としてビーチャム家とレンフロ家の人たちである。本文を読めば判ることだが、「一九三〇年代の夏」でももう少し正確には、その八月の第一日曜日であり、「丘陵地帯」と言っても具体的にブーン郡バナーの町での出来事である（ブーン郡バナーは架空の共同体で、ウェルティは、フォークナーがヨクナパトーファ郡についてしたように、その地図を添えていることは先に触れた）。

なぜこの時と場所に設定したかについては、一九三〇年代は大不況の時代であり、ミシシッピ州は全米でもっとも貧しく、中でも北東部の丘陵地帯はとりわけ貧しい地方で、そこにはアメリカ南部のプランテーションもなく、したがって黒人も住み着かず、極貧の農民たちだけが痩せた農地以外に何の資産もなく暮らしていたためであるとウェルティは言う。(4) これは同じミシシッピ州でも、二〇年代のデルタ地方のプランテーションを描いた『デルタの結婚式』とは大違いである。

しかし、この小説を読んでいると、なぜかビーチャム家やレンフロ家に貧しさが感じられない。客観的事実として、彼らは経済的には貧しいに違いないにしても、それがそれほど感じられず、逆にどこかしら豊かさを具えているように思われてくる。それをとりあえずは精神的豊かさと言ってもよいが、しかし、それは果たしてどこから来るのか。

「グラニー」の九十歳の誕生日を祝うために、ばらばらに住んでいた孫たちがレンフロ家に集まってくる一族再会（ファミリー・リユニオン、要するに、里帰り）がこの作品のテーマである。一族再会が往々にしてそうであるように、彼（女）らは他に何もすることがないから、ひたすらお喋りをして一日を過ごす。そのお喋りがこの作品のほとんどすべてのスペース（四百頁余り）を占める。読者はただそのお喋りを聞くだけである。それにしても彼（女）らは何とよく喋ることか。

ヴォーン＝ビーチャム＝レンフロ家

「登場人物表」があるにもかかわらず、その表だけ見ているだけではとても判らない一族の事情や歴史が、彼（女）らのお喋りから次第に明らかにされてくる。もっとも彼（女）らはお喋りの中で常に本当のことを言っているとは限らない。都合の悪いことについては積極的に嘘をつかないまでも口にはしないでいる。

その日の夜明けから物語は始まり、「グラニー」が住んでいるレンフロ家に孫たちがどれをとってもみんなぼろぼろの車で次々に里帰りをしてくる。彼（女）らは誕生祝いに駆けつけたのであるが、同時にジャックの帰還をも待っている。「グラニー」の誕生祝いであるから、物語の中心人物は当然「グラニー」であるはずなのだが、『デルタの結婚式』がそうであったように、ここでも登場人物たちが用いる敬称に注意しなければならない。集ってきた「グラニー」の孫たちには、不思議なことに、「ネイサンおじさん」、「クレオおばさん」というように、すべて伯父、伯母の敬称が付せられているのである。実は、これらの孫たちはすべてジャックの母親ビューラの兄（義姉）たちで、ジャックから見た伯父、伯母に当たる人たちなのだ。ということは、物語は「グラニー」の誕生祝いの話であるけれども、集まった人々の話題はあくまでジャックを中心にして行われていると考えられる。つまり、物語の焦点はジャックに当てられているのだ。

ジャックの母親ビューラはラルフ・レンフロと結婚して、ジャックを筆頭に五人の子供をもうけた。また、彼女の上には六人の兄たちがいるが、一人は亡くなっている。これがジャックから見た伯父たちで、その伯父たちにはネイサンを除いてすべて連れ合いの伯母たちがいる。これらの伯父や母たちの両親、つまり、ジャックの祖父母（祖父はユークリッド・ビーチャム、祖母はエレン・ヴォーン）は洪水で溺死したために、残された子供たちは彼らの祖父母（ジャックにとっては曾祖父母）にあたる「グラニー」（名前はエルヴィラ・ジョーダン・ヴォーン）と説教師であった「グランパ」（おじいちゃんの意）ヴォーンによって育てられたのだ。この事情、それにその「グランパ」ヴォーンが昨年八十九歳で亡くなったことは「人物表」によるだけでなく、本文中の伯父や伯母のお喋りに耳を傾けなくては判らないことである。

また、ビューラによれば、彼女の父ユークリッドは（開拓時代に馬で廻ったメソジスト教会の）巡回牧師であったが、母エレンは「ユークリッド・ビーチャムと結婚したばかりでなく（夫に）メソジストであることを止めさせて」バプテストに改宗させたので、その結婚は南部の代表的な二つの宗派である「ライヴァル同士の説教師たちが（自分たちの子供である）二人を結婚させた」（二一五）ことになる。かくして、ヴォーン、ビーチャム、レンフロと続く一族は代々バプテストであることを揺るぎないものにしてきた。

先に、「グラニー」の周りに集まった人々はジャックの帰還を待っていると述べたが、これは次のような事情による。今から一年六カ月と一日前の前日、ジャックは十八歳で当時自分が通う学校の先生であったグロリアと結婚式を挙げた（ジャックは学齢期にずいぶん遅れて入学していた）ものの、その翌日、町の店主ストヴァルに加えた「加重暴行」の罪で裁判を受けて服役した。それが、今日、「グラニー」の誕生祝いの日に彼は晴れて出獄する予定なので、みんなはその帰還を待っているのである（実は、ジャックにはもう一日刑期が残っていたから、正確には出獄ではなくて脱獄であった）。したがって、帰還を待ち望んでいるのは「グラニー」や伯父伯母たち、両親だけでなく、誰よりも新妻のグロリアと服役中に生まれた十四カ月の赤ん坊のレディ・メイがそうであった。

その他の人物たち

そのジャックがなかなか姿を見せないのは、帰還の途中、ムーディ判事の事故を起こした車の救出を手伝っていたからである。このムーディ判事とは事情をろくろく調べもせずジャックに「加重暴行」の有罪判決を下した張本人であった。しかし、ジャックはそのムーディ判事を助けてやったばかりでなく自分の家に招待し、一族再会に参加させてやることになる。

もう一人、ビーチャム＝レンフロ家の者以外で、「人物表」に挙げられてはいてもやはりここで触れておかねばならないのは女教師のミス・ジュリア・モーティマーであろう。このモーティマー先生は一族再会の日に死亡したので、作品では生きて姿を見せるわけではなく、その教え子たちであった伯父や伯母たち、グロリア、それにムーディ判事の語る思い出話の中に欠かすことのできない人物として登場し、また、翌日には葬儀をしてもらい埋葬されることになる。

作者ウェルティによれば、この作品は最初は実は短篇として執筆を始め、ジャックが無事帰還したところでお仕舞いにする予定だったのが、さまざまな理由でその後を続けることになったと言っている(5)。このモーティマー先生についての第四部から始まる思い出話は、さしずめ短篇を全体で六部からなる長篇にさせた大きな理由の一つであろう。

モーティマー先生の負け戦

作品のタイトル「負け戦」(losing battles)は日本語では「戦いに負けること」と「負けた戦」の両方の意味に取れるが、英語の場合も両方の意味が可能である。もっとも英語では後者の意味では lost battles という言い方もあるから、この作品では前者を意味すると考えた方が適当なようだ。

ウェルティは最初からこのタイトルで作品を書き始めたのでなく、作品全体が仕上がった時点で思いついたらしい(6)。

それにしてもいったい誰と誰が、あるいは、誰と何とが戦って敗れたのか。

一番はっきりしているのはモーティマー先生の場合であろう。彼女は若くしてバナーの町の小学校に赴任してきて、教育を通して町の人々の無知と貧困に対する戦いを挑もうとした。学校時代、モーティマー先生のお気に入りの生徒(ティーチャーズ・ペット)であったムーディ判事は、成人してからも先生と親交があった。その判事が晩年の先生から受け取った手紙の一節には次のように書かれていた。

> 生涯にわたって、わたしは無知と懸命に戦ってきました。指で数えられるほどの例外はあったにしても、わたしはたいていの戦いには敗れました。来る年も来る年も、バナー校の子供たちはわたしに敵対

して砦を築いたのでした。わたしたちは誠実に、ひたむきに、勇敢に、多分公平にすら戦いました。たいていの場合、わたしが敗れ、彼らが勝ったのです。でも、まだ若さが残っている限りは、いつも考えていました。もし肉体と精神の力を十分に整えて頑張るなら、少しずつ未来を変えることができると。

（二九八）

赤いセーターに身を包み最初の頃は馬に乗り、後には贈り物のフォード・クーペを運転して学校に通ったモーティマー先生は、例えば、生徒たちに「医者や弁護士になることを欲し」、それまでの「十一月に代わって、八月に（新年度の）授業を開始し」、「学校にミルクを馬で運ん来て子供たちに飲ませ」、「人生の一日たりとも疎かにせぬことを教え」、洪水のおそれがある時には「生徒を帰宅させるなどは夢にも思わず」とりあえず畳の上の水練ならぬ教室で水泳を教えた後は歴史の授業を再開し、（生徒たちは賞品がこれまた本であったからうんざりしたのだが、それほどに）読み方と暗記を競争させ、そのうえ、生徒たちの家に「桃の苗木を配った」りもしたのであった。ちなみに、このようにして生徒を熱心に教育し、勤勉を教えたモーティマー先生はバプテストでもなくメソジストでもなく長老派であった。

しかし、かつて彼女の生徒であった伯父や伯母たちが思い出話として異口同音に語るところによれば、「わたしたちは彼女の下でひどいめにあった」ばかりでなく、「楽しい釣り遊びを止めさせ」られたりもしたから、彼女は「わたしたちの破滅のもと」(our bane) であったという。したがって、生徒たちは「生き残りをかけて」(survival instinct) 先生を相手に必死に戦った。

その戦いでモーティマー先生が負った最大の痛手はグロリアの裏切り(?)であろう。彼女は孤児院出身のグロリアに特別の目をかけ、州のスペリング・コンテストでは州議員を相手に勝たせ、高校に進学させ、そして、師範学校に送った。「彼女(モーティマー先生)の切なる願いはグロリアに教師の跡継ぎをさせる(pass on the torch to her) ことであった」(二四三)。グロリアは先生の期待に応え、卒業証書を携えて母校に戻ってきて教職に就いた。しかし、生涯にわたって跡継ぎをしなければならないおそれが生じたとき、彼女はそうしなかった。先生の犠牲になりたくなかったという。モーティマー先生のあらゆる説得も空しく、グロリアは教師を辞めてジャックと結婚する。

というわけで、モーティマー先生は完全な負け戦をしたかに見えた。が、グロリアとの戦いでは相当したたかであった。彼女は、死ぬ前に教え子のムーディ判事を呼び寄せて、グロリアは実はジャックの亡くなった伯父サム・デイルがレイチェルという娘に生ませた子であると告げる。そうすることによって、ミシシッピ州の法はいとこ同士の結婚を禁じているから、ジャックとグロリアの結婚を「無効」(null and void) にしようとしたのである。先生はムーディ判事に「今となってあきらめるような戦いをして生涯を過ごしてきたのではないのです」、「わたしは今まさしくかつての戦場にいるのです」、「ミシシッピの法を携えて来て欲しいのです」(二九九―三〇〇) と書いて寄こしていたのであっ事故を起こしたのである。ムーディ判事は、実は、二人の結婚が無効であることを宣告するためにやってくる途中に自動車事故を起こしたのである。

グロリアの負け戦

グロリアの戦いは、せっかくジャックと結婚してもその結婚が無効であるかもしれないという恐怖に対するものであった。もともと、グロリアはジャックと結婚しても、何かにつけて過去を引きずっているビーチャム＝レンフロの大家族の一員になることを必ずしも望んではいなかった。「ジャック、わたしは心からあなたの奥さんになるわ。あなたにだってそれで十分でしょう。ここではわたしはミセス・グロリア・レンフロ以外の何者でもなく、死んだような古い過去とは何の関係もないのよ」(三六一)と言う彼女はたえずビーチャム＝レンフロ家を出て「自分たちだけで生活する」(move to ourselves) 機会を窺っていた。これは『デルタの結婚式』で、ジョージと結婚したロビーがフェアチャイルド家を疎ましく思っているのと同じである。それが今、自分はレイチェルの娘であり、サム・デイル・ビーチャムが生ませた子供であると宣告されようとしている。ビーチャム＝レンフロ家を厭うどころか、ジャックとの結婚も無効になりかねない。彼女は必死になって、自分がレイチェルの娘であることを、そして、ビーチャム家の血縁であることを否定しようとする。

しかし、ビーチャム家の伯母たち（『デルタの結婚式』でのシェルマウンド大農園の女たちに似て、ビーチャム＝レンフロ一族を実質的に牛耳っているのは男ではなく女たちである）はそんな彼女を許しはしない。いとこ同士の結婚が違法であることなどそっちのけで、新しい嫁が完全にビーチャム家に同化しなければならないことを強要する。あるいは、むしろもともとビーチャム家の血縁であることを喜ぶのである。彼女たちはふざけてグロリアに強姦にも似た暴行を加えた。

彼女たちはみんな笑っていた。「ビーチャム家の人間だと言いなさい」と彼女（グロリア）の耳元で命令した。彼女たちは両肩を掴んで彼女を転がし、仰向けに押さえつけると、彼女の顔を夕顔の香りがする生温い西瓜の果肉で覆った。西瓜の汁の筋が彼女の首を巻きつくように這っていくと、女のものとも思われぬ何本もの手が彼女の顎をこじ開けた。

「ビーチャムって言えないの？　ビーチャム家の人間であってどこが悪いの？」（二六九）

「それでも自分がビーチャム家の人間であるなど信じられないわ」と言うグロリアは完全に負け戦をしたわけではないが、はなはだ旗色が悪いことは確かである。

ところが、このグロリア対ビーチャム家の女たちとの戦いは、そして、さらにグロリア対モーティマー先生との戦いは意外な方向に転換する。というのも、「グラニー」がモーティマー先生には恋人がいたことをみんなに告げたからである。その恋人とはディアマンという名のよそ者で、彼はこの地方にやってきて製材業を営み森林をすっかり伐採して「切り株だらけの土地」(a nation of stumps) にしてしまったばかりでなく、ビーチャム家をはじめバナーの住民を食い物にした。しかも、女たらしでもあった。そこで、みんなの話題がディアマンの思い出になったとき、今まで会話にほとんど加わらなかった、そして唯一独身の伯父ネイサンが突然立ち上がって、そのディアマンを殺し、そのうえ製材所で働く黒人にその濡れ衣を着せて死刑にさせるという二つの殺人を犯したのは自分であると告白する。そして、彼は自分の罪業を悔いて切り落としたという片手の付け根(これもまた stump と書かれているから、ここでもウェルティのユーモアの一端が窺われる)を見せた。みんなが驚いていると、さらに「グラニー」はネイサンは「(弟の) サム・デイルのために」ディアマンを殺したのだと言う。しかも、サム・デイルが結婚しようとした理由は妊娠して捨てられたレイチェルを救うためであったとも言う。

この「グラニー」の言葉は、レイチェルを妊娠させて捨てたのはディアマンである、そして、そんなレイチェルと結婚しようとした弟サム・デイルを不憫に思ったネイサンがディアマンを殺したのだと推測させる。推測させるというのは、ディアマンがレイチェルを身ごもらせたのだと肝心の「グラニー」や伯父伯母たちははっきりと口にすることがないからである。その理由は、そんなことをすれば、伯父や伯母にはまことに都合の悪いことにはやはりグロリアはビーチャム家の血縁でないと認めることになるからであろう。しかし、血縁でなければ、彼女とジャックとの結婚は無効でなくなる。

前にも触れたように、このあたりにも、都合の悪いことは黙っているという彼（女）らの《ダイアログ》の特徴が表れているように思う。

ムーディ判事、ジャック、その他の負け戦

ムーディ判事がビーチャム＝レンフロ家にやってきたのは、モーティマー先生の教えにしたがって、ジャックとグロリアの結婚の無効宣言をする（あるいは、いとこ同士の結婚が合法であるアラバマ州への引っ越しを二人に勧める）ためであったが、自動車事故でジャックの世話になったうえに「グラニー」の話を聞いたからには、当初の目的を果たせなくなった。それどころか、ネイサンを殺人犯として検挙することもできない。それほどにビーチャム＝レンフロ家の人々が語る話にのめり込み、共感すらしてしまって、司直としての役割を遂行できないのだから、彼もいちおう負け戦をしたと言えよう。

ジャックもろくに調べもせず自分の有罪を宣告して刑務所に送り込んだムーディ判事に対して本来ならば復讐すべきなのに、今では逆に、自動車事故は娘のレディ・メイと妻のグロリアを避けるために起きたとはいえ、溝にはまった判事の車の救出に奮闘し、また、判事夫妻を自宅に招待して宿泊させるという恩恵を施してしまった。

このようにして見ると、この作品に登場する人物たちで絶対に勝ち戦をしたと言える者は誰一人としていない。もちろん、ビーチャム＝レンフロ家の者たちも貧困との戦いでは勝利していないのであ

る。結局、彼（女）らはほとんどすべての戦いで多かれ少なかれ負け戦を戦っていることが判る。

貧困に対する負け戦？

貧困に対するバナー町民の、とりわけビーチャム＝レンフロ家の戦いはなるほど勝利していない、つまり、負け戦のように見えた。しかし、本当にそうか。

すでに触れたように、バナーの町を経済的に活気づけ貧困から抜け出させるかに思われた事件として、二十年近く前に、よそ者（同じミシシッピ州でもマニフェストという町の出身）のディアマンがやってきて「世界中でもっとも美しい木々が茂るところに製材所を建てた」ことがあった。しかし、その結果は、「間もなく、一番背の高い木々はすべてなくなってしまい」、自分たちは「おがくずすら得られず」、「奴に借金をする羽目になり」、娘たちは「奴の甘い言葉にのせられ」、あげくに「奴が残したものと言えば、切り株だらけの地」（と、それに妊娠したレイチェル？）であり、要するに「大いなるひったくり屋（a great big grabber）、それがディアマンだったのさ」（三四一）ということになった。もちろん、この事件は貧困に対する負け戦であった。

モーティマー先生の努力も教育によって人々の無知をなくしバナーの町を貧困から救おうとするものであった。つまり、人々に合理主義と勤勉を教え込むことであった。しかし、再三述べるように、これは人々の反撥を買うだけであった。とりわけ、グロリアの反撥はモーティマー先生の教育・啓蒙主義・合理主義・勤勉を捨ててジャックとの結婚を選択するという結果になった。しかも、ビーチャム＝レンフロ家の者たちの誰一人としてその選択に異議を唱えることはない。それどころか、大いに祝福している。つまり、彼（女）らの価値観は教育、そして、それによる人々の文明化や経済的豊かさよりも理屈では説明のつかない愛や結婚が優先していたと言えよう。もちろん、これでは町は、とりわけ、ビーチャム＝レンフロ家はいつまでたっても貧乏で、彼（女）らの戦いは負けである。

しかし、彼（女）らにとって貧困に対する戦いなど実はどうでもよかったのではないか。というのも、最初にこの作品では彼（女）らは貧乏であってもどこかしら豊かさが感じられると述べたが、それは彼（女）らがパンよりも《語り合うこと》（ダイアログ）によって生きる愉しみを見いだしていると思われるからである。

《ダイアログ》という財産と形式

毎年一族再会に集まるビーチャム＝レンフロ家の人々はその機会に《語り合うこと》によって自分たちの過去を讃え、現在の存在を確認し、自分たち一族の歴史を作り上げていく。この語り合いには互い同士のお喋りは言うまでもなくそこで唄われる歌やお祝いの説教も含まれる。「グラニー」の誕生祝いに招かれたベシューン牧師はいよいよパーティを開始するにあたり、お祝いの説教を行う。

彼女（「グラニー」）は若くして人生を踏み出し、可愛い娘（エレン・ヴォーンのこと）を一人育てましたが、その娘は墓に入ってしまいました。そこで、彼女はその娘の家族のためにもう一度初めから人生をやり直したのです。その結果、一人（サム・デイルのこと）を除いてみんな元気でここに集ったのです！　彼女はこの憂き世で多くの辛酸をなめてきましたが、それでも、ご承知のように、うなだれることは決してありませんでした。あの美しい老いた頭の向こうには——手を挙げて下さい！——六人の孫、三十七人、ないしは三十八人のひ孫、その他の顔が見えます。バナー、ディープステップ、ハーモニー、アップライト、ピアーレス、モーニング・スター、マウンテン・クリークの町からそれぞれやってきた顔ぶれと世界を股に掛けている顔（ネイサンのこと）が見えます。（一七九）

このようにして牧師が一族の歴史を概観すると、居合わせた家族たちは待ってましたとばかりに口々にそれに具体的な事件をつけ加える。そうすることでより豊かな歴史を、（あるいはむしろ神話を）作り上げていくのである。例えば、カーティス伯父は「『グラニー』の曾祖父さんがこの屋敷を建てたんだ」とか、「（南北戦争で北軍の）グラント将軍が地平線に現れてあの煙突に大砲の弾をぶち込んだ時には、『グラニー』はもう物心がつく年頃になっていて、ひだ飾りの付いたスカートとブーツという姿で慌てて庭に出てくると面と向かって恥知らずめと叫んだのさ」と嘘か本当か判らないようなことまでつけ加える。彼（女）らがつけ加える話は繰り返しが多く、内容は重複し、それにしばしば矛盾する。が、その分、歴史は膨らんでいく。

加えて、誕生会の最後には「一族再会の歌」（"Gathering Home"）（二一三）を、そして、解散して帰途に就く前には、輪になって手を繋ぎながら恒例の「きずなに祝福あれ」（"Blest Be the Tie"）（三四八）の歌を合唱する。ちなみに、翌日ジャックとグロリアがモーティマー先生の埋葬に参列した後二人だけになる作品最後の場面も、ジャックが唄う「刈り入れの歌」（"Bringing in the Sheaves"）（四三六）で終わっている。あたかも、二人はこれまでの家族の歴史にさらに新しい出来事をつけ加えて、それをいっそう豊かにするであろうと思わせるかのごとくにである。このようにして、一族再会で彼（女）らが行う《ダイアログ》は彼（女）らにとって娯楽でもあり、進歩や金銭的な富につながるモーティマー先生の教育とは違った、それよりももっと大切な一つの教育でもあるのだ。

ノア・ウェブスター伯父は、帰途に就く前にグロリアに言って聞かせる。


グロリア、これまでの話（story）はわれわれについての絶対に忘れることの許されない話なのだ」と彼は言った。「君はおばあさんになって、歩く元気がさほどなくなり、今『グラニー』が小さな身体を置いているロッキング・チェアに坐るようになったずっと後も、その話が（娘の）レディ・メイや彼女のよちよち歩きの子供たちに向かって話されるのを耳にすることになるだろう。いかにしてわれわれはジャックを無事刑務所から連れ戻したかの話が。さらには……。
（三五四）

このようにして、ビーチャム＝レンフロ家の歴史は《語り合うこと》によって子孫にまで連綿と受け継がれていくであろう。それは必ずしも正確な歴史でなくともよい。いや、むしろ語り継がれる間に粉飾されればされるほどそれだけ豊かになるのだ。一族の歴史を語り合うこと、そして、その結果作られた歴史（神話、物語）、これこそ彼（女）らの財産なのである。その財産は彼（女）らにとっては単なる経済的な豊かさなどを問題にしない何よりも貴重なものであるに違いない。

ここまで来て、ウェルティがこの作品を劇形式に似せて《ダイアログ》とアクションだけで書いた理由が自ずから判ってくるように思われる。ウェルティは直接その理由を述べてはいないが、しかし、彼女は、この作品では彼（女）らが《語り合うこと》で得られる豊かさ（彼（女）らの財産）をこの形式をとることによって実地に見せたのではないか。彼女はそれを身を以て証明したのである。ここでは形式が内容を見事に表現している。

註

（1） Eudora Welty, *Losing Battles* (Random House, 1970). 以下本書からの引用はすべて括弧内にその頁数を示す。

（2） これは Guy Fleming による版画で、この作品ではヴォーン＝ビーチャム＝レンフロ家の先祖が開拓者としてバナーの地に住み着いた時に植えた三本の桑の苗が大きく生長したものだという。それらの木ははかない命の保護と育成を図る、堅実で忍耐力のある一族そのものを象徴し、奥まって灰色に印刷された小さな二本の木は時間と歴史の霞の中に隠れているように見えるが、それらは現在の生きた家族の背後に立つ死んだ祖先を思わせるという。Cf. Ruth M. Vande Kieft, *Eudora Welty*, Revised Edition (TUSAS 15, 1987), p. 151.

(3) Cf. Peggy Whitman Prenshaw ed., *Conversations with Eudora Welty* (University Press of Mississippi, 1984) , p. 46.

(4) *ibid*., p. 48

(5) *ibid*., p. 181.

(6) *ibid*., p. 27.

第6章……『楽天家の娘』──父が亡くなった後で

ニューオーリンズ──一九六X年、春

『楽天家の娘』（*The Optimist's Daughter* 1972）(1)の書き出しはニューオーリンズのある病院の場面から始まる。日時は謝肉祭最後の日（マルディ・グラ＝告解火曜日、ニューオーリンズなどではパレードをして、お祭り騒ぎをする）であることははっきりと作品中に述べられているが、それが果たして何年のことであるかはすぐに判らない。その理由の一つには、何人かの研究者が指摘しているように、この小説が一九七二年に出版されたにもかかわらず、ヴェトナム戦争や黒人の公民権運動といった当時の時事問題に対する言及が皆無であるからだ。その代わりに、太平洋戦争については触れられていて、女主人公ローレル・ハンドの今は亡き夫フィルは、結婚後間もなく海軍将校として掃海艇に乗り組んでい

図6-1●ニューオーリンズのマルディ・グラ

て戦死したことになっている。しかし、それが何年前のことであるかを知るには少々回りくどい推測をしなければならない。

ニューオーリンズの病院には、ローレルの父マッケルヴァ(七十一歳)が白内障の手術を受けるために入院したのであるが、この父はフェイという名の女性と再婚していた。大分話が進んでから、フェイは現在四十歳前後で、義理の娘ローレルよりも若いことが語られるから、ローレルの年齢は四十歳以上でなければならない。そのローレルが夫フィルを亡くしたのは太平洋戦争(一九四一―四五)中で、その時彼女は二十歳を超えていたと考えると、現在はそれから二十年以上経過していなければならない。すなわち、それは、およそ、一九六〇年代の半ばから終わり、あるいは七〇年代の初めであることになり、作者のウェルティはこの作品の時代を出版年にほぼ近い頃に設定していることが判るのである。

「楽天家」――マッケルヴァ

病院で白内障の診断を受けて手術をするかしないかを決めるとき、フェイは手術をしないで「自然に委ねる」("Nature's the great healer")方の意見であったにもかかわらず、また、クノモト博士という

（日本人？）眼科医の画期的な方法を採用しても「手術は百パーセント保障できるとは限らない」というカートランド医師の言葉にもかかわらず、マッケルヴァは「自分は楽天家だから」（"Well, I'm an optimist."）と述べて手術をしてもらうことにした。そのマッケルヴァの娘がローレルというわけで、作品のタイトルはこれに由来する。当時の白内障の手術は術後は絶対安静という療法であったので、ローレルとフェイはニューオーリンズに下宿して交代でマッケルヴァの看病にあたった。

この物語は、ローレルのことをいちおう三人称で呼んではいるが、もっぱら彼女の視点から語られている。

そのローレルにとって、自分より若い義母フェイとの間が必ずしもしっくり行かない。フェイは繊細さに欠ける。それでいて女房風を吹かす。父はなぜこんな女と結婚したのだろうかという疑問がわいてくる。その一方で父の術後の経過が思わしくない。父はほとんど喋らないで、衰弱していくように見える。そして、一月ほど経過して、「楽天家」は白内障ではなくて、発作で死んでしまった。

ミシシッピ州マウント・セイラス

ローレルとフェイはマッケルヴァの葬式をするためにその遺体を故郷のミシシッピ州マウント・セイラスまで運ばねばならなかった。

ここで、この作品をそれが扱っている時間から見ると、ニューオーリンズでの入院期間は約一カ月であるのに対して、葬儀とその後始末の時間はわずか三日間である。ところが、作品の構成・分量という点から見ると、四部からなるこの作品で、入院を扱っているのは第一部だけで、残りの三部は葬儀とその後始末を語るために当てられている。つまり、物語の重点は、ニューオーリンズよりもミシシッピ州マウント・セイラスの地での出来事に置かれていることが判る。

ミシシッピ州マウント・セイラスというのは、もちろん、架空の町であるが、それは大体どのあたりに想定されているのだろうか。マッケルヴァの遺体を運ぶためには「ニューオーリンズ＝シカゴ列車」が利用される。その列車は黒湿地を駆け抜け、三日月都市（ニューオーリンズのこと）の郊外の糸杉林を通り過ぎ、ポンチャトレーン湖（ルイジアナ州南東部の浅い湖）を横切って進んだとあるが、その後、ミシシッピ州に入ってからはどのくらい北上したかについては語られていない。ただ、葬儀の終わった後、ローレルは、マウント・セイラスのこれまでは父のものであったが今ではフェイのものとなってしまった屋敷に三日間滞在することにする。その際、その三日後には「ジャクソン発三時の飛行機に乗るから、屋敷は正午頃に発つ」（九九）とフェイに約束しているので、マウント・セイラスは、ミシシッピ州の州都ジャクソンから車で約三時間近くのところにある町と想定されているのが判る。

マウント・セイラスは、同じミシシッピ州でもプランテーションのあったデルタ地方（『デルタの結婚式』の舞台）とも、あるいは、貧農の住んでいた東北部丘陵地帯（『負け戦』の舞台）とも違って、

図6-2●ポンチャトレーン湖

人々が親密な関係を維持している小さな共同体（町）である。マウントと名付けられているのに、町には山がないことが作品中に（一四二）語られている。マッケルヴァは町長を務めたことがあり、また地方裁判所の判事でもあって、要するに、町の名士であった。マッケルヴァの葬儀の日には、学校は授業を早めに切り上げ、裁判所は半旗を掲げるといったふうに、町を挙げての喪に服した。マウント・セイラスの町の住民は、あるいは少なくともマッケルヴァ父娘が付き合っていた住民は、このようにして、上品な中産階級に属していた。

チソム家の人々

その住民たちにとって不思議だったのは、

マッケルヴァが先妻ベッキーに先立たれた後、なぜフェイのような女と結婚したのかということであった。その一人が言うように、「わたしが仰天したのは彼が再婚したこと」、「フェイを、すなわち、彼がそこに連れてきたような女を見たこと」(一二八)であった。七十歳近くになって娘よりも若い女と再婚したことは言うまでもなく、よりにもよってフェイのような女ということが不思議でならない。フェイは弁護士組合の大会でタイピストをしていたのをマッケルヴァが連れて帰ってきたのだが、再婚の相手ならマウント・セイラスにも相応しい女がいくらでも見つかったはずだ。

そんな折、母親チソム夫人を先頭にチソム家の一族が葬儀にやってきた。確か、ローレルはフェイには親族は死んでいないと聞いていたはずだ。フェイは嘘をついていたのだ。そのことを問いただすと、フェイは誰でも同じような嘘はつくし、この嘘はこのマウント・セイラスの人々がつく嘘よりはましであるとローレルの神経を逆撫でするような返事をするだけである。

チソム家の人々は、同じ南部人であっても、テキサス州マドリード(もちろん、架空の田舎)出身で、上品な中産階級のミシシッピ州マウント・セイラスの人々とは大分違った。マウント・セイラスの人々よりは率直であるかも知れないが、粗野で無神経であった。

しかし、先に述べたように、この物語はローレルの視点で語られているので、彼女がチソム家の人々に反感を抱いたりするとわれわれもつい反感を覚えてしまうことになる。だが、翻って考えると、チソム家のフェイにも彼女なりの言い分や感情があるはずだ。葬儀の後、突然彼女はチソム家の人々といっしょにテキサス州マドリードに里帰りをしようとするが、その際、彼女は「わたしの言葉遣いのできる人にただ会いたいだけなの。それが理由だわ」（"I'd just like to see somebody that can talk my language, that's my excuse."）（九八）と言い訳をしている。フェイはマウント・セイラスにいては自分の言葉遣いができないでいる、ここには馴染みが持てないでいる、つまり、疎外感を抱かずにおれなかったのだ。それはどちらの言葉遣い（ひいては、文化・風土、あるいはその価値観）がいいとか悪いとかの問題ではなく、マウント・セイラスの住民とチソム家の人々の間ではそれほど大きな違いがあったということなのである。

このようにして、客観的に見ればこの作品に登場する二種類の南部人（その二種類の文化・風土・価値観）は相対的なものにすぎないが、そうであるのに、この作品では、とりわけ、その第三部、第四部では、今述べたように、語りの視点のせいでローレルの主観があたかも客観性を具えているかのごとく幅を利かせている。その際、ローレルの主観に説得力を持たせるために、本来相対的なものであるはずのフェイ（そして、彼女を代表とするチソム家の人々）の存在が否定的な価値として利用されている。つまり、この作品の第三部、第四部で語られるローレルの主観的世界はフェイという客観物（客観的人物）があって初めて成立していると言える。

さまざまな思い出

フェイがテキサスへ一時帰郷した後、ローレルは残された三日間をマウント・セイラスの屋敷で過ごす。彼女自身、二十年前にシカゴに発って以来この屋敷にゆっくり滞在するのは久しぶりのことであった。だから、屋敷のさまざまなものを見るにつけそれにまつわる懐かしい思い出が甦ってくる。ここで注目したいのは、ローレルがその思い出を語ることはとりもなおさず自分の家族の歴史を語ることにもなっていることである。

書斎に入ると、そこに並んでいる書物から、幼い頃ローレルが二階の寝室で寝ていると両親が互いにそれらの本を朗読しあう声が聞こえてきたのが思い出される。仲睦まじい両親であった。その部屋にかつてあった母ベッキーの写真がないのは、フェイが後妻にきたからだ。この母が娘にローレル（月桂樹）と名付けたのはそれがこよなく愛した自分の故郷ウェストヴァージニア州の州花だからであった。母は「里では」（up home）という言葉をよく口にし、なにかにつけ「里帰り」をしたものであった。ローレルも幼い頃、その母に連れられてしばしばその「里」に行ったことが懐かしく思い出される。父は判事の前にはマウント・セイラスでは町長を務め、小学校の竣工式では子供たちに訓話を垂れ、また、医学部に学ぶ貧乏学生カートランドの学資を出してやった。このカートランドが今度ニューオーリンズでマッケルヴァの白内障の手術をしたのであった。この書斎には他の何よりも高く、祖父と曽祖父の肖像が掛かっていた。曽祖父は南北戦争中は南軍の将軍であり、戦後には中国にまで出かけた宣教師でもあった。

次に母の裁縫室に入ると、スナップ写真帳には、両親が若い頃、ウェストヴァージニア州で互いに撮りあった写真が貼られたままであった。父は、祖父が卒業したのと同じ南部の名門ヴァージニア大学に進んだが、当時教師をしていた母とはキャンプでめぐり逢ったのだとローレルは聞いている。母は馬で学校まで通っていたそうだ。その母が十五歳のとき、苦痛を訴えた祖父をひとり筏でボルティモアの病院まで運んだが間に合わなかったという話をローレルは思い出す。そして、自分も母もどちらも結局父親を救うことが出来なかったことを改めて知る。その母自身も視力を失い、五年間も病床に臥して発作で亡くなったのだった。

母の住所録や作文帳、それに卒業記念アルバムも出てきた。母は濃く染めたブラウスを着て師範学校に通っていたことが判るし、ノートには『失楽園』を始めとするミルトンの世界観の図表が記されていた。

このようにして、屋敷を探索し、そこにあるさまざまなモノを見るにつけローレルの心にはそれにまつわる思い出が浮かんでくるのであった。

思い出（主観）の一人歩き

それはローレルにはいわば「失われた時を求めて」の探索であったが、その探索を終えた時の彼女の様子は次のように語られている。

洪水のような感情がローレルに押し寄せた。手からは書類が、そして、膝からは本が滑り落ちるがままにすると、彼女は机の開いた蓋に頭を載せて悲しみのあまり涙を流して泣いたが、それは愛と死者たちのためであった。彼女はそこにしゃがんでいたが、自分の中にある堅固なものすべてが今夜は崩れ落ちた、ついに崩れ落ちたのであった。今では彼女が探し出したすべてのものが逆に彼女を探し出していたのであった。彼女の心の中にある最も深い水源の蓋が取れてそれが再び流れ始めた。（一五四）

ローレルは屋敷の中に残されたモノを見るにつけ、それにまつわる思い出に囚われていたが、気丈にも泣いたりはしなかった。それなのに滞在の最後の夜ついに悲しみの感情に身を任せたのであった。それが「愛と死者のため」(for love and the dead) というのは、愛する死者のため、あるいは死者を愛するためという意味であろう。もちろん、死者とは父、そして、母（さらには曽祖父母）を指す。「今では彼女が探し出したすべてのモノが逆に彼女を探し出していた」(Now all she had found had found her.) という文の意味は判りづらい。
しかし、ここではローレルは残された三日間に屋敷の中を亡くなった父（と母）の遺品（モノ）を最初は自ら探し求めたが、そのうち逆にその遺品のせいで彼女はそれにまつわる思い出に抜き差しならぬくらいにはまる結果になってしまったと解釈することができよう。さらに、次の文の「彼女の心の中にある最も深い水源（the deepest spring in her heart）の蓋が取れる」というのも彼女が思い出の感情にどうしようもなく身を委ねてしまった状態のことをいうのであろう。
それにしても、その次に続く文は唐突である。

モシふぃるガ生キテイテクレレバ——

が、フィルは亡くなっていた。ともに過ごした人生を留めるものは彼女自身の思い出の中にしかなかった。愛はその中に完全に封印され、そこに留まっていた。

モシふぃるガ生キテイタナラバ——

彼女は心をかき乱されることもかき乱すこともなくこれまで完全な状態で生き続けてきた。しかし、今、彼女自身の手で過去が呼び起こされ、彼が——フィル自身が（イエスが死から蘇らせたという）ラザロのようにずっと待ちながら彼女を見つめていた。彼は生きられなかった人生を切望するような目で、漏斗のように口を開けて彼女を見つめていた。
その時には、自分たちの最後はどうなっていたか？　自分たちの結婚が父母の結婚のような終わり方をしていたなら？　それとも、母の父母の結婚のような？　あるいは――

「ローレル！　ローレル！　ローレル！」フィルの声が叫んだ。　（同）

「モシふぃるガ生キテイテクレタナラバ――」（原文ではイタリック）という文が、あるいは、そんなふうに思うローレルの感情が唐突であるのは、彼女は三日間の屋敷探索で両親のモノを見つけこそすれフィルのモノを探す意図などはなく、またそんなものは何一つ発見されなかったから、彼のことを思い出すのはいかにも不自然であるからだ。これまでのあるモノを発見してからそのモノにまつわる思い出に進むという流れに沿わないからだ。フィルは亡くなったけれども、彼を思い起こすモノ（「ともに過ごした人生を留めるもの」）はどこにもなく、かりにあるとすれば「彼女自身の思い出の中」（in her own memory）にしか存在せず、しかもこれまでそれは「その中に完全に封印され、そこに留まっていた」（sealed away into its perfection and remained there）のだ。彼女は「心をかき乱されることもなくかき乱すこともなく」（undisturbed and undisturbing）「これまで完全な状態で」（with the old perfection）過ごしてきたのに、今、突然「過去（フィルのこと）が呼び起こされた」（the past had been raised up）というのである。つまり、ここではフィルについては、両親についての思い出とは違って、きっかけとなるモノは何もなく、ローレルの心の中に封印されていたものから直接思い出されている。ローレルの思い出、あるいは、彼女の感情は一人歩きし始めたと言える。両親についての思い出を繰り返すあまり、ついにローレルの心は思い出という感情が先行して、フィルのことも（具体的なモノがないのに）思い出されてしまったということなのだ。

これはローレルのまったく主観的な世界だけの出来事と言える。これは今までのモノから思い出へ、つまり、客観から主観へというローレルの意識の流れに沿っていない。さらに、その後、「ローレル！　ローレル！　ローレル！」とフィルの声が叫んだというのは、フィルについて思い出しているとフィルの叫び声が聞こえてきた、つまり、彼女の意識には、主観的な思い出から客観的な声（モノ）への流れが見られるということになるのだが、もちろん、ここではそんな声が実際物理的に聞こえてきたわけではない。ローレルの心の中で聞こえたにすぎない。あくまでローレルの主観的な世界だけの出来事なのだ。したがって、ここで語られていることは唐突であり、それだけ説得力に欠けるきらいがある。しかし、それは次に語られることの見事な予兆となっている。

Confluence（合流）

これは、実は、ローレルが、まるで列車で旅をする乗客のように、椅子にもたれて眠っている間に見た夢であったのだ。そして、その夢は、実際フィルといっしょに列車で旅をしているという夢であった。目覚めると、彼女はそれがかつて現実に起こった出来事であることを、すなわち、二人は結婚式を挙げるためにシカゴからマウント・セイラスに向かう列車に乗り、途中、ケアロ（イリノイ州南

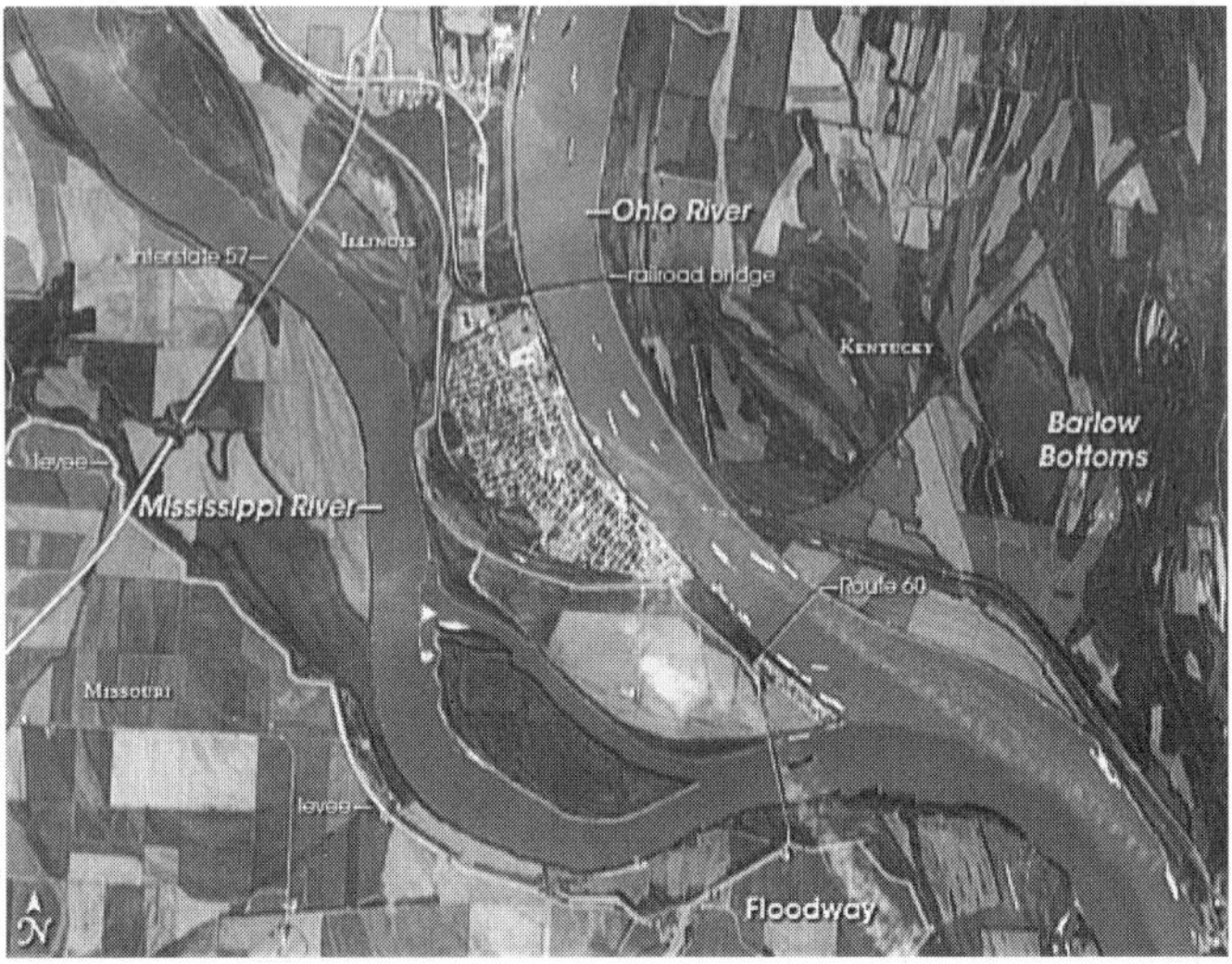

図6-3●ミシシッピ川とオハイオ川の合流点

端の町）近くでオハイオ川とミシシッピ川とが合流する長い橋にさしかかるという出来事があったことを思い出した。そして、その時彼女が考えたことは「自分たち自身も川の合流のようなものだ」（And they themselves were a part of the confluence)、結婚という「信頼の共同行為が今まさしく二人をここに連れてきたのだ」（Their joint act of faith had brought them here at the very moment）ということだった。そのことを思い出すと、ローレルにはフィルは死んでからも自分たちの結婚生活に対する愛を説き続けたように思われた。そして、その合流（点）は、今日帰り道に飛行機でその上空を飛ぶ時も、かつてと同じようにそこにあるだろう（It would be there the same as it ever was when she went flying over it on her way back）（一六〇）と確信されるのであった。

このようにして、夢とは言え、何のきっかけ（モノ）もなしに起こったフィルとの結婚生活についての思い出は、ここでは今日帰る途中その上空を飛ぶことになるオハイオ川とミシシッピ川の「合流」点という具体的なイメージを用いる（思い出す）ことで見事に補強されているのである。その後、ローレルには、フィルがオハイオ州出身の若者で建築学を学んでからシカゴに行きそこでマウント・セイラスから出てきた自分と出会ったことが思い出されている。二人はまったく縁のない者同士が合流したのではなかった。というのも、「ずっと何世代も遡った時から、彼らは共通の思い出を持っていたにちがいない（オハイオ州はウェストヴァージニア州とは川一つ隔てた向こう側であったし、オハイオ川は彼の川であった）」（一六一）からである。

生き残ることの罪

フィルとの結婚（生活）についての思い出は、彼が亡くなった時の思い出につながる。ローレルには、フィルが亡くなって自分が生き残った時の気持ちが思い出されてくる。そして、それは父（そして、そのはるか前に母）が亡くなってしまった今、やはり自分が生き残った時の気持ちに重なってくる。生きていることの罪悪感（the guilt）に耐えねばならない気持ちである。

ローレルの知る限り、ともに過ごした自分たちの短い生活の中でばかな間違いなど一つもなかった。しかし、愛する者から自分が生き残ったことの罪はひたすら耐えねばならないことである、と彼女は思った。生き残ることはわれわれが死者に対してなすべき大切なことなのだ。死を想像することは生を想像することに較べてそれほど不思議なことではない。生き残ることを想像することこそおそらく最も不思議なことであろう。　（一六二―三）

生き残ることは死ぬことよりもいっそう当惑するもの、罪悪感を伴うものであるというのである。

パン捏ね板

ローレルはシカゴに向けて出発する前に、屋敷にある母の父宛の手紙やノートなどすべてを燃やし、「母の人生、母の幸福と苦悩を示すもの、……また、フェイが傷つけるようなものは何も残さない」（一七〇）ようにした。しかし、フェイが屋敷に戻ってきたとき、母が愛用していたパン捏ね板がまだ残っているのに気がついた。それはアイスピックで突いたらしく表面が割れ、煙草の焼け焦げがついていた。彼女はフェイを激しく責める。

「穴があき真っ黒になって、タバコが押しつけられた跡があるじゃない――母はそれ（パン捏ね板）

をサテンのように滑らかに、皿のように清潔にしていたのよ」

「ただの古びた板じゃないの?」とフェイは叫んだ。

「母はマウント・セイラスで一番いいパンを作ったのよ!」

「わかったわ! どうだっていいじゃないの? 今では作っていないのだから」

「あなたはこの屋敷を冒瀆したのよ」（一七三）

ローレルには、パン捏ね板を傷つける行為は屋敷（それにまつわる思い出、過去）を冒瀆する（desecrate）ことの象徴のように思われたのだ。しかし、それに対するフェイの反論には、彼女が現在しか意識していないことがよく判る（今では古びた板にすぎないし、パンも作っていないじゃないか）。

「わたしは（冒瀆という）その言葉の意味を知らないし、知らなくてもいいの。でも、今ではこれがわたしの屋敷で、好きなようにできることをあなたには忘れないでもらいましょう」とフェイは言った。「屋敷にあるものは何でもそうよ。あのパン捏ね板だって」（同）

さらに、ローレルにとっては、このパン捏ね板はフィルが母への「好意」（labor of love）で作ってやったという格別の思い出があったのだ。しかし、そのことを話されても、フェイは「あなたの夫?

それが何の関係があるの？　もう亡くなったのでしょう？」（一七七）と答えるだけである。ローレルはパン捏ね板をシカゴまで持って帰ろうとすると、フェイはそうはさせまいと、「屋敷から奪っていくの？　それは恥ずべき罪よ」と言う。

《思い出》と《過去》

ローレルとフェイはパン捏ね板を真ん中にして口論しお互いに相手の気持ちを傷つけあって、もう少しで取っ組み合いの喧嘩をするところだった。

「あなたがなぜそんな大騒ぎをするのか判らないわ。そんなものに何があると言うの？」とフェイが訊ねた。

「すべての物語があるのよ、フェイ。堅固なすべての過去が」とローレルは言った。

「誰の物語？　誰の過去？　わたしのではないわ」とフェイ。「過去はわたしの関心事ではないの。わたしは未来の人間よ、判らなかったの？」　（一七八―九）

パン捏ね板には、「過去」と「物語」（story ＝歴史）が詰まっているとローレルは言うのだ。彼女にはそれは自らの存在の証であるのだ。しかし、フェイは過去などどうでもいい、無縁であって、彼女の目は未来にしか向いていない。そういう女にすぎないのだ。これはローレルには許しがたいこととなる。

するとローレルにはフェイがすでに自分の父の思い出に背を向けているのではないかと思われた。「あなたが過去に対して何の関心もないのは判っているわ」と彼女は言った。「今ではそれに対して何もすることができないのよ」。しかし、自分もそうだ、自分も何もできないのだ、と彼女は思った。これまで過去は自分にとってすべてであり、自分に対して、自分のために、あらゆることをしてきたというのに。過去は棺の中の父と同じくもはや助けてくれたり傷つけたりするものではなかった。それは父と同じく無感覚（impervious）で、決して目覚めさせることはできないのだ。思い出（memory）だけが夢遊病者のように歩き回るのだ。それはフィルのように、あの世を超えて傷だらけで戻ってきて、われわれの名を呼び、その正当な涙を要求するのだ。思い出は決して無感覚であったりしない。それは再三傷つくが——が、その点で、その最後の慈悲を見せるかも知れないのだ。それは、生きている瞬間によって傷つけられるようなことがある限り、われわれには生き続けているのだ。それが生きている間、そして、われわれに可能な間は、われわれはそれに当然の敬意を払うことができるのだ。（一七九）

ここではローレルは二つのことを意識している。一つは、過去に背をむけるフェイがすでに父の思い出にも背を向けている（faithless）、つまり、父の思い出を裏切っているということ。もう一つは、

《過去》と《思い出》の微妙な違い、すなわち、過去は堅固に存在するが、生きている人間には何かであることはない（not anything)、つまり、どうすることもできないのに反して、その思い出（memory）は生きているわれわれ人間と深い関係を持つことができるということ。

したがって、先の引用では、ローレルはパン捏ね板には「すべての物語があるのよ、フェイ。堅固なすべての過去が」と言っているが、ここでの「すべての物語」(the whole story）と「堅固なすべての過去」(the whole solid past）とは同じものではなく、微妙に異なるものと解釈すべきである。なぜなら、「すべての物語（story)」とは歴史（history)、つまり、右の「思い出」に他ならないからである。

モノと思い出

パン捏ね板の諍いで業を煮やしたフェイは、最後に「持っていって頂戴！　処分するモノが一つ減るだけだから」とローレルに言う。だが、すでに《過去》と《思い出》の違いを識別し、思い出とは何かが判る気がしてきたローレルにはそのパン捏ね板ももはや必要でないように思われた。

「もういいの」とローレルはパン捏ね板を元の場所のテーブルに戻して言った。「それもなくたって大丈夫だと思うわ」。思い出とは当初の所有物の中にあるのではなくて、解放され自由になった何もない手の中に、空《から》になったとしても再び満たすことのできる心の中に、夢によって復元される原型の中に生きているのだ。

ここでの「思い出とは……」の文はいちおう地の文になっているが、実はローレルの意識がそのまま語られたものと考えねばならない。彼女が思い出というものをどう考えるか、つまり、それについてのあくまで彼女の主観的な認識・思弁・理解が語られている文なのである。原文では過去時制が使用されているが、内容は思い出についてローレルが考える真理が述べられている。

フィルと母（そして、おそらく父）についての思い出は、もはやフィルが製作し母が大切にしていたパン捏ね板（モノ）を「まず所有すること」(initial possession) に始まるのではない。それは所有の義務から「解放され自由になった、あるいは空《から》になった」(pardoned and freed) 手の中にあるというのだ。手とはもちろん比喩であり、それは心のことである。その心はパン捏ね板を失っていったん「空《から》」(empty) になってもまた満たされるのだ。なぜなら、思い出は「夢によって復元される原型の中に」(in patterns restored by dreams) 生きている」のだからである。ここで「夢」というのは想像力のことであろう。想像力によって何度も繰り返し喚び起こされるフィルや母（そして、父）のイメージは自分の心を満たし、彼らについての「思い出は生きている」(memory lived) とローレルは悟る。これはもはや客観的なモノなど必要としないで、想像力による主観だけが大きく支配する世界である。

ローレルはこうしてマウント・セイラスの屋敷を去ってジャクソン空港に向かうのであった。

（一七九）

註

（1） Eudora Welty, *The Optimist's Daughter* (Random House, 1972). 以下本書からの引用はすべて括弧内に頁数を示す。

第II部

第7章……『緑のカーテン』——処女短篇集

多様な主題と手法とモード

ウェルティの処女短篇集『緑のカーテン』[1]（*A Curtain of Green* 1941）には十七の短篇が収められ、そのうちの十一編は、その後いくつかのアンソロジーに入れられてきた。とりわけ、「石になった男」、「わたしが郵便局に住んでいるわけ」、「パワーハウス」、「踏み慣れた道」などがそうである。

先にも触れた南部作家・批評家のロバート・ペン・ウォレンはこの短篇集の特徴を次のように指摘している。

『緑のカーテン』に収められたすべての短篇はミス・ウェルティの個人的な才能の刻印を留めている

が、しかし、それらは、主題、手法、とりわけ、ムードの点で、非常に多様である。あたかも著者がほとんど一作ごとに創作という仕事に初めて取りかかったかのごとくである。あたかもこれまでにない眺めを愉しむためには、毎回新しいアングルを取らねばならなかったかのごとくである。(2)

この後、ウォレンはいくつかの短篇を取り上げてこれを証明しているが、そのことは、例えば、作品の舞台〈場所〉という観点だけからも納得がいく。同じ短篇集でも後の『広い網、その他』(一九四三)に収められた作品のほとんどが実在のミシシッピ州ナチェズ、あるいは《オールド・ナチェズ道》を舞台にしているのに対して、この短篇集では「マージョリのための花」のニューヨークは言うに及ばず、その他の作品の舞台も同じミシシッピ州内でもジャクソンであったりデルタ地方であったりして、どこかの地〈場所〉に固定されることはない。中にはヴィクトリといった架空の地名であることもある。ウェルティは短篇ごとにやはり新しい舞台を試みていると言えよう。

ウェルティ自身は、第一作に多様性が見られる理由を次のように説明している。「『緑のカーテン』に収められた短篇は六年間にわたって書かれ、一方『広い網、その他』のそれらはすべて一年で書かれたのです。『緑のカーテン』はどこかの本屋で出版してもらうためにそれだけの時間がかかり、そのぶんたくさんの作品を集めることができたのです。六年かかって短篇集を出す時と一年で次の短篇集を出す時では、少なくとも多様性の点では当然違いが生まれます(3)」。

これら多様な十七編を、わたしは次のように読んでみた。

「リリー・ドーと三人の婦人たち」——善意のお節介

ミシシッピ州ヴィクトリ（架空の地名）の三人の婦人たちは頭の弱いリリー・ドーが男たちの餌食になるのを心配して、彼女をエリスヴィル（ミシシッピ州南部の町）の施設に送ることにした。しかし、肝心のリリーは結婚する予定だからと言い張って行こうとしない。それをやっとのことで説得して汽車に乗せる。その時、一人の小柄な男が汽車から降りてきてリリーの居所を尋ねる。前日、町にやって来たテント小屋の見世物でシロフォンを演奏していた男だった。とても信じられないことであったが、三人の婦人はあわててリリーを探すとともに結婚式の準備に取りかかる。滑稽にも、そして、幸運なことには、町の婦人たちの善意あるお節介は見事に失敗したのであった。

（原題 "Lily Daw and the Three Ladies"）

「一つの新聞記事」——不運の可能性

ルビーは「今週、ルビー夫人は夫に足を撃たれるという不運に見舞われた」という新聞記事を読んで驚くが、実際に夫に撃たれて死んだ時のことを想像した。彼女は、帰宅して食事を済ませた夫にその新聞を見せる。最初、二人の間には「困惑に満ちた」瞬間が、そして、やがてまるで実際に夫が撃ち妻が死んだかのような気分が生じる。「二人の間には、希有であやふやであっても幾ばくかの可能性が、まるで見知らぬ人がおずおずと佇むように、存在した」(二八)かに思われたという。しかし、夫は笑いながら、これは隣のテネシー州の新聞で、記事のルビーとは別人のことであると指摘するのであった。

(原題 "A Piece of News")

「石になった男」——中年女のお喋り

ミシシッピ州ヤズー川の近くで美容院を経営するレオータは客の一人フレッチャー夫人に向かってお喋りをしている。レオータが言うには、同業者で友人のパイク夫人は「美しく」「かわいく」そして、「魅力的」であるが、そのパイク夫人といっしょに昨日仕事を終えた後、旅回りのフリーク・ショー(奇形の人や動物を見せるショー)に行き、そこで消化した食べ物はすべて関節の部分で石になってしまうという「石になった男」を見物したとのことである。

一週間後、再びフレッチャーが美容院に行くと、レオータは相変わらずお喋りを続けるが、その口調は何だか口惜しそうである。彼女によると、自分の美容院の待合室にあった雑誌『ジーメン驚異物語』(*Startling G-Man Tales*)に掲載されている強姦魔で賞金付きのお尋ね者の記事を読んだパイク夫人は、フリーク・ショーで見た「石になった男」こそ犯人であることを知って警察に通報し、まんまと五〇

○ドルを手に入れたという。レオータは、その雑誌は「自分のもので、自分が金を出して買ったもの」であることを思うと悔し泣きをせずにおれなかった。

犯人は「八月にカリフォルニアで四人の女」を強姦したという。それについてのレオータの反応は尋常でない。「この女たちはその時それぞれが一二五ドルずつをパイク夫人に与えることになるなどと夢にも思わなかったに違いない」（五一）と。さらに、フレッチャー夫人とのやりとりにも中年女同士のお喋りの好色ぶりが窺われる。「（その人は）本当のところ、もちろん石などでは全然なかったのね。それとなく感じていたわ（I'd 'a' felt something）」「あの石になった男はわたしを奇妙な気分（a funny feelin'）にさせたわ。……怪しい気分に（funny-peculiar）」（五一—二）。

（原題 "Petrified Man"）

「鍵」——夫婦の断絶

聾唖のモーガン夫妻、とりわけ妻のエリーにとってはナイアガラ瀑布に旅行することは結婚以来の夢だった。一生懸命働き金を貯めてやっとその夢を実現する時が来て、二人は駅の待合室で列車の到着を待っている。すると足下に一つの鍵が転がってくる。それは同じ待合室にいた赤毛の若者が落としたものだが、拾い上げた夫のアルバートはその鍵を「自分たちが受け取るに値する何かの——つまり、幸福の象徴」と考えて大切にポケットにしまい込む。しかし、列車は夫婦が気づかないうちに到着して出発してしまっていた。エリーはハンドバッグからナイアガラ瀑布の絵葉書を取り出して「もし列車に乗り遅れなかったなら、今頃はもうここにいるのにねえ」（六七）と言う。その時の「彼女の顔は強く、恐ろしく見えたが、喜びはなかった」。すると、アルバートにはポケットに隠し持った鍵が「エリーとの幸せの象徴ではない、何か別の、自分だけの、自分だけに訪れる奇妙で思いがけないものの象徴」（六九）ではないかと思われるのであった。

その時、赤毛の若者はポケットから二つ目の鍵を取り出しエリーの手に置いて立ち去った。それは、列車に乗り遅れた夫婦が今晩泊まることのできるホテルの部屋の鍵であった。しかし、若者の目には、夫婦に対する単なる同情に加えて、自分のしたことが無益だったのを知ってその行為をあざける表情が窺われるのであった。

（原題 "The Key"）

「キーラ、捨てられたインディアン娘」——geek に対する子供の反応

「キーラ、捨てられたインディアン娘」とは、アメリカの大衆芸人 geek（生きたヘビや鶏の首を食いちぎってみせる奇態な見世物師）の出し物の一つのことで、ここではインディアン娘キーラが生きた鶏を食うことになっている。かつてこの出し物に関係したことのある三人の男が久しぶりに再会する。その中の一人リトル・リー・ロイという黒人は、こういったインチキ臭い見世物のご多分に漏れず、

実はこのキーラに変装して出演していた人物なのである。物語は、彼が夕食をとりながら「(今日)二人の白人がこの家にやって来て……わしが見世物にいた昔の話をしたが……」と話し始めると子供たちは「父ちゃん、言わないで」(八四)と制したというところで終わっている。ウェルティは子供たちこそこの話の真実を、すなわち、その出し物の恐ろしさと残酷さを理解していたのだと言う。(4)

ウェルティは若い頃、郡の博覧会を冷やかすのが大好きで、そこでこの短篇のような話を耳にしたとのことである。「わたしの物語はそのような胸くその悪くなるような出し物に接触した人々の三つの異なった反応を描いたものです。それを耳にしただけですが、後になって、物語にしたのは長い間わたしを悩ませたからです——人々はどんなふうにそれに耐え、反応するかということが、です(5)」。

(原題 "Keela, the Outcast Indian Maiden")

「わたしが郵便局に住んでいるわけ」——中年女の身勝手なお喋り

この作品は(中年の?)独身女である「わたし」がチャイナ・グロウヴという(架空の)町の、ミシシッピ州で二番目に小さな「郵便局に住んでいるわけ」を語るお喋りである。一歳下の妹ステラ＝ロンドは「わたし」の恋人(ホイティカー氏)を奪って結婚したのに、娘を連れて(出戻りとして)帰って来た。「わたし」が妹に辛く当たると、母や叔父は彼女の味方になってしまった。そんな折、叔父が爆竹で大騒ぎを起こした。「わたしはどんな音にもすこぶる弱くて、お医者の話によるとこれまで診察したうちで最も神経質なのだそうです。それで、すっかり意気阻喪して、食べ物も口に入らなくなったのです」（九八）。そんなわけで、郵便局に住むようになった。「わたしはここが好きなのです。いつも話しているように、理想的な場所なのです」（一〇四）。そんな彼女を嫌って、誰も郵便物を出しに来なくても「わたし」は平気である。

「わたし」の唯我独尊、身勝手なお喋りは次のように締めくくられている。「今、ステラ＝ロンドがわたしのところにやってきて跪き、彼女がホイティカー氏と過ごした生活のいきさつを釈明しようとしても、わたしは両耳に指を突っ込んで絶対に耳を貸しませんから」（一〇四）。

（原題 "Why I Live at the P. O."）

「警笛」――命をすり減らす寒さ

この短篇は「夜の帳が降りた。闇は薄く、それはまるで多くの冬を過ごしてきたために擦り切れて骨まで寒さを感じさせる薄ぺらなドレスのようであった」（一〇七）という文章で始まる。夫のジェイソンはベッドで寝息を立てているが、妻のサラは寒さのために眠れない。彼女は冬のこの寒さにはうんざりしている。トマトが成熟する春と夏のことを考えてみるが空しい夢のようであった。寒さは時間が経つにつれていっそうひどくなり、やがて霜害警報の汽笛が鳴り始める。夫妻は畑に出て、霜除けのためにベッドカヴァーを始め、身につけているコートやドレスまで脱いで若いトマトの苗木に被せる。部屋に戻っても相変わらずの寒さに耐えかねて、夫はついにあらゆるものを暖炉に燃やし始める。木製の椅子、三十年間使ってきた台所のテーブルまでも。最後は次のような文章で締めくくられている。「二人は相変わらず頭を垂れたまま身動きせずにいた。外では、汽笛が、まるで彼らの命からさらに何かを要求するかのごとく、鳴り続けていた」（二一五）。

J・N・グレトランド教授によれば、これは、一九三〇年代、ミシシッピ州都ジャクソンから南に約二十マイル離れたコピア郡クリスタル・スプリングズでトマト栽培をして暮らす貧農の生活を描いたものであろうという(6)。

（原題 "The Whistle"）

「ヒッチハイカー」――巡回セールスマンの自己疎外

事務用品の巡回セールスマンのトム・ハリスはミシシッピ州デルタ地方の小さな町ミッドナイトとルイーズ（ともに実在する）を車で出てメンフィスに向かう途中、二人のヒッチハイカーを拾う。二人はいわゆるhobo（浮浪者）で、夜遅くダルシーの町に着いても泊まるところがない。ハリスがホテルのフロントと自分の部屋に泊めてやる交渉をしているうちに、彼らは車を盗み、あげくに喧嘩をして片方に重傷を負わせる。

これはハリスにしては珍しく誰かに深い関係を持った結果の出来事であった。というのも、彼には、ダルシーの町には単なる知り合いの他にガールフレンドもいたが、しかし、彼女が積極的に愛を求めるにもかかわらず彼はそれを受け入れる（彼女と関わる）ことができないような人間であったからだ。彼にとってはあらゆることが他人事であったのだ。巡回セールスマンという仕事が彼をそんなふうにしてしまっていた。「（今晩も）他の晩とまったく同じ、この町も他の町とまったく同じで……喧嘩や思いがけない愛の告白や突然の求愛はあったが、そのどれも彼ではなく、彼が通り過ぎる町の人々が行うことであったのだ。……彼にはそんな暇がなかった。彼にはどうしようもないほどに接触がなかったのだ（He was free, helpless）」（一三五）。翌朝、重傷の男は死んだ。が、ハリスはガソリンスタンドに行って喧嘩で血だらけになった車内を拭わせ、セールスの商品の側に転がっていた浮浪者の遺品（ギター）を黒人の子供にくれてやると、次の町に向けて車を走らせるのであった。

（原題 "The Hitch-Hikers"）

「思い出」――思春期の夢想と現実

これは成人した「わたし」（女性）が語る思春期の思い出である。その頃、「わたし」は、学校で口も利いたことがないのに手首が触れただけでその男の子に恋してしまうといった「夢想家」であると同時に周りの出来事に対しては厳しい「観察者」であるという「二重生活」（a dual life）を送っていた。そんなある夏、湖岸で恋する男の子のことを思いながら砂浜に横たわって、画家がするように指で矩形を作って景色を眺めていると、その中に体の線を露わにするような水着を着た明らかに「下品な」(common)と思われる家族(?)の振る舞いが観察された。

ウェルティは言う。「この少女が手で作った矩形を通して見た光景は(彼女には)歓迎されざる現実なのです。彼女はどのようにしてこの光景の存在をすでに内に秘めている恋の夢に適応させることができるのでしょうか?……が、今、夢想家は立ち止まって(夢想することをやめて)、観察してしまったのです。その後は、夢を見ようが醒めていようが、彼女はその中に引きずりこまれていくことでしょう」(7)。このようにして、やがて「わたし」は思春期を通り過ぎて大人の世界に入っていくことになる。

(原題"A Memory")

「クライティ」——雨水樽に映った顔

ファーズ・ジンという小さな町のかつての名門ファー家のオールド・ミスであるクライティには時々町に出て人々の顔をじっと見つめるという癖があった。屋敷にはヒステリーのオクテイヴィア、妻と別れて酒浸りのジェラルドというそれぞれ身勝手で彼女に命令ばかりしている姉弟が、そして寝たきりの父親がいるために、クライティは身を粉にして食事の準備や看病をしなければならず、疲労のせいで憔悴しきっていた。ある時、父の顔剃りにやって来た理髪師ボボ氏の顔を彼女が覗き込みそっと触れると、なぜかボボ氏は叫び声をあげて逃げ出した。その後、クライティは水を汲みに行って雨水樽に映る自分の顔を見た瞬間、その理由を知った。それはかつての顔とは違って、見る者に恐怖とショックを与え、胸を悪くさせるような顔であった。その間にも、用事を言いつける姉の叫び声が聞こえてくる。とうとう「彼女（クライティ）は思いつくことのできる唯一の行動をしてしまった。痩せこけた体をいっそう曲げて、頭を樽の中の水面下に、突っ込み……そのままの状態に留めたのだ」。彼女が死体となって発見された時には、「樽の中にうつ伏せになり、黒い靴下を上品に履いた両脚は哀れにも逆さまに、しかも石炭ばさみのように拡がって引っ掛かっていたのであった」（一七一）。

水に映った自分の姿（顔）を見て溺死したクライティはギリシャ神話のナルキソッスを、また、クライティという名前は同じくギリシャ神話でひまわりに変身した水の精を、思わせるというが、決定的に違うのは水に映ったナルキソッスの姿は美しくこのクライティの顔は醜かった。

（原題 "Clytie"）

「老マーブルホール氏」——ナチェズの二重生活

老マーブルホール氏は六十歳で初めて結婚し、現在は、妻と六歳になる男の子といっしょにナチェズのミシシッピ川を見下ろす小高い丘にある先祖伝来の屋敷に住んでいる。先祖は一八一八年に役者としてナチェズにやって来たというが、マーブルホール一族に注目する者は誰もいなかった。ところ

図7−1●シャルル・ド・ラ・フォス《ひまわりに変身するクリュティエ（クライティ）》1688 年

が、老マーブルホール氏のこの結婚は実は重婚で、彼は二重生活を送っていたのである。ナチェズの丘の下一帯（Under-the-Hill）はミシシッピ川に接した波止場で、比較的貧しい人たちが住んでいたが、そこに老マーブルホール氏はバード氏と名乗ってやはり妻と男の子のいる所帯を持っていたのだ。老マーブルホール氏は健康のための小旅行と称して、独立革命や南部同盟の伝統を守る婦人会会員である妻と暮らす丘の上の屋敷を二、三週間留守にすることがあったが、その間、丘の下の家に住み、そこでは裸電球の下で恐怖小説や怪奇物語の雑誌を読んで時間を過ごしていたのだ。

この短篇で特徴的なことは、物語の最後近くで「おそらく、いつの日か……この男の子が塀に『パパは二重生活を送っている』と落書きすることになろう」という文があって、以後最後までの二頁余りは未来形の文章が続いていることである。つまり、語り手はこの二重生活が発覚する時を想像して語っているのだ。父が小旅行を徒歩で出かけるのを訝しく思った男の子（息子）が彼の後をつけて行くだろう。そして、「その時、すべてが明らかになるだろう」と語るのだ。しかし、「誰も気にしない。ミシシッピ州ナチェズの住民の誰一人として自分が騙されていたことを気にする者はいないだろう」（一八四）とも語り手は言う。そして、ただ一人、老マーブルホール氏だけは「これからまだ何年か生きて、その間、裸電球の下でまっすぐベッドに起きあがって、心臓をドキドキさせ、老いた目を見開いて涙を流し、もし人々が自分の二重生活のことを知ったならきっと卒倒するに違いないと想像していることであろう」（一八五）と結んでいる。世間にとっては実はどうでもよい事件の発覚にひとり胸を躍らせている老マーブルホール氏に対する語り手の語り口はシニカルそのものである。

（原題“Old Mr Marblehall”）

「マージョリのための花」――不況のニューヨークで

不況の一九三〇年代、ミシシッピ州ヴィクトリ出身のハワードは妊娠六カ月の妻マージョリとともにニューヨークで暮らしている。ハワードは失業中で食うや食わずの生活をしていても、妻の腹の中の赤ん坊はどんどん成長を続けて止まることを知らない。職が見つからず現実の世界に絶望しかけているハワードには、そのうち「マージョリが不実でよそよそしく、まるで他の勢力に与している」（一九四）かのように思えてくる。彼には「彼女の世界が妊娠して落ち着きと希望に満ちて堅実で、実りと慰めを得てどんどん成長して彼から離れていくように見え、その世界が自分と同じように苦しむことのないのがまるで奇妙に思えるのだった」。そして、彼は「（彼女が）その安全な世界から彼の飢えと弱さを窺った！」（一九五）と感じた瞬間、彼女を憎悪し肉切りナイフで刺してしまう。

その後、ニューヨークの街を放浪する彼には人々の施しが与えられ、ラジオシティでは百万人目の入場者であるとして記念のバラが「妻（マージョリ）のための花」として贈呈される。彼が妻の遺体がある部屋に戻ると、「（携えていた）バラの花は大きな芳香の波を放ち」、「彼はあらゆるものが動きを止めていたのに気づいた」。もちろん、死んだ妻も停止していて、もはや彼だけを残して赤ん坊とともに成長するということはなかった。彼には「夢を実現させた」(He had had a dream to come true.)(二〇二)思いがしたのだった。

(原題“Flowers for Marjorie”)

「緑のカーテン」――不条理に対する挑戦(?)

ラーキン夫人が、自宅の鬱蒼とした、「緑のカーテン」のような庭で、世間と隔離して独りで作業をしているのには訳があった。かつて栴檀《せんだん》の木が突然倒れてきて、夫は不条理としか言いようのない死に方をしたからであった。以来、彼女は生と死の不条理という観念に取り憑かれてきた。そんな折、鍬を手にしたラーキン夫人の眼の前に、たまたま庭に入ってきた黒人少年の頭があった。「人の危険や死の結果を、そして、その忘れられた原因を知っていたので、彼女にはその気になれば、こんな頭は打ち落とすことができるということが十分に判っていた。(しかし、)彼女は無力だった、あまりにも無力で、事故や、生と死や、不条理の作用に挑戦することができなかった。……生と死、と彼女は重い鍬を握りながら考えた。生と死、今やそれは彼女には何の意味もなかったが、しかし彼女は両手で振りかざすかのようにして、絶え間なく次のように問い続けなければならなかった。埋め合わせをすることはできないのか? 罰することはできないのか? 抗議することはできないのか?……」(二一三)。

ラーキン夫人は、今、黒人少年の頭に（自分の意志で）一撃を喰らわしさえすれば、（夫の）不条理な死に挑戦しその埋め合わせをすることができると考えた。しかし、その時、雨が降り始め、風が吹いて、ラーキン夫人は気を失って倒れてしまった。彼女はやはり無力であったのだ。しかし、黒人少年はそのおかげで不条理な死に見舞われずに済んだ。

（原題 "A Curtain of Green"）

「慈善訪問」――偽善と冷笑

十四歳のマリアンは「キャンプファイアー」（少年少女の健全な人格形成を目的とした団体）の団員である。彼女が女性老人施設に「慈善訪問」をした目的は団員としての点数を稼ぐためであって、純粋に慈善のためではなかった。その意味でこの作品のタイトルは皮肉である。施設で働く看護婦も彼女の偽善的な動機にふさわしく機械的でよそよそしい態度で振る舞い、そして訪問を受けた二人の老婆もシニカルな言動を見せる。とりわけ、寝たきりの老婆などはマリアンが贈り物に持ってきた花を「美しくない」「悪臭草である」などと言う。まるで花を持って訪問すれば団員としての点数をもう一点稼げるというマリアンの下心を知っているかのごとくである。さらに、最初は感謝の気持ちを見せていたもう一人の老婆でさえも最後には小遣いをせびるありさまである。

マリアンは老婆たちの心と身体の醜悪さに閉口し、這々の態で施設を逃げ出す。そして、外に出ると自分のために茂みに隠しておいたりんごを拾い、動き出したバスを制止して飛び乗った。バスの中では、そのりんごをぱくついた。

ここでの「りんご」は思わせぶりで、これをマリアンが習得した「(醜)悪」についての知識、つまり「知恵のりんご」と解釈する向きもあるが、(8)マリアンは花は持って行ってもおやつ(りんご)だけは隠しておいたのだと考える方がいっそう彼女の慈善訪問の偽善ぶりが強調されて面白いのではないか。

(原題 "A Visit of Charity")

「巡回セールスマンの死」——孤独

R・J・ボウマンは靴のセールスマンとして十四年間ミシシッピ州を巡回してきたが、巡回中に初めて病気(インフルエンザ)に罹り、現在病み上がりの状態で再び車を走らせていた。荒涼たる丘が続く地方に来て、道に迷ったうえに、峡谷の端に止めた車はそのままずり落ちてしまった。たまたまあたりにあったみすぼらしい一軒家に助けを求めると、その家の女は「ソニーがやってくれるだろう」と言う。初め、この女とソニーとは母と息子と思われたが、実はまだ若い(ソニーは三十歳)夫婦であることを知る。ソニーは車を引き揚げてくれたが、ボウマンにはこのまま旅を続ける体力も気力もなくこの家に一晩泊めてもらうことにする。暖炉には火がなかったので、女は夫に

"Sonny, you'll have to borry some fire."（近所から「火を借りて来なければならない」の意）（二四五）と言う。

ウェルティはこの短篇の執筆のきっかけはこの言い回し（to borry some fire）に始まったという。彼女には「その言い回しは抒情的、神話的、劇的な響きを持つと同時にリアルでアクチュアルにも聞こえたのです――実際に耳にした人（ミシシッピ州北部を巡回していた親しいセールスマン）がわたしに教えてくれたのですから」。

その後、ウェルティは次のように続ける。「わたしは、例によって遠くから（光景を）書き始めたが、『巡回セールスマンの死』はわたしをぐっと近くに引き寄せたのです。すなわち、その中心に、辺鄙な赤土の丘の小屋に――夜汽車に乗ったとき遠くからよく見かけたあの開け放たれた戸口に黄色の暖炉の火ないしはランプの灯りが漏れているあの家に――おそらく引き寄せたのです。わたしは物語を書きながら巡回セールスマンとともに近づいてその中に入り、死が迫った彼にそこに存在するものを理解させた

図7－2● 1936年、最初の短篇「巡回セールスマンの死」を発表した頃のユードラ・ウェルティ

のです」(9)。そして、ウェルティは作品を引用する。

ボウマンは口を開くことができなかった。この家に実在するものを知ってショックを受けたのだ。そこには結婚生活が、実りある結婚生活が存在したのだ。あのささやかなものが。その気になれば誰でも手に入れることのできるものが。（二四四）

自分はそれを決定的に欠いていることを自覚したボウマンは寂しさに耐えかねて夜中にこの家を出る。走って出たために、病んでいた心臓が激しく動悸を打つ。「彼は誰にもその音を聞かれまいと両手で心臓を覆った。だが、それを耳にする者は誰もいなかった」（二五〇）のだ。

（原題 "Death of a Traveling Salesman"）

「パワーハウス」――ジャクソンに来たファッツ・ウォラー

有名なジャズ・ピアニスト、パワーハウスとそのバンドが大都市からこの地にやって来た。語り手はその熱狂的な演奏に耳を傾けていると、パワーハウスが隣のベース奏者に「妻のジプシーの死を知らせる電報を受け取った」と語りかけた。夫が演奏旅行で不在のために、寂しさのあまり窓から飛び降りて自殺したというのだ。が、この話は真偽のほどにどこか訝しい点がある。

作者のウェルティはこの作品について次のように語っている。「わたしはファツ・ウォラー（一九〇四―四三、米国のジャズ・ピアニスト）の音楽が大好きでレコードを全部持っていました。彼はここジャクソンでもわたしが語っているようなプログラムで演奏したのです。わたしは演奏会に行き、音楽だけでなく彼の「押し出し」（presence）にも魅了されました。わたしはパワーハウスにこの馬鹿げた話を即興的に語らせることによって、自分が思いついたことを彼らがよくやる「即興」（improvisation）として表現したいと思ったのです。だからこの話はその時わたしがでっち上げたものです。もちろん、現実にはあんなことはまったく起こってはいません。ただ、でっち上げた理由は、わたしがミュージシャンたちから得た印象を、彼らが仲間内でどんなふうに話しかけているかを、描きたかったためです。……彼らが休憩時に何をしているかなど知る由もありません。わたしが書いたことはすべて作り話ですが、プログラムと、それを聴き観てわたしが受けた印象だけは本物です[10]」。

（原題 "Powerhouse"）

図7-3●ファツ・ウォラー、1938年

「踏み慣れた道」——黒人老女の遠出

十二月の霜の朝、《オールド・ナチェズ道》を一人の黒人老女が急いでいる。百歳近い年齢で、名前もフェニクス（不死鳥）・ジャクソン。この「踏み慣れた道」には狐や梟その他の野生動物が出没し、冬だから蛇は冬眠していても沼地では鰐が襲ってくるかも知れない。案山子は幽霊のように見える。銃を担ぎ犬を連れた猟師からは無謀な遠出をたしなめられる。が、彼女はナチェズの町に向かって歩き続けねばならなかった。

やっとのことで町に着いて病院の大きな建物に入っていく。看護婦に孫の容態を尋ねられて、フェニクスは答える。「孫だって。自分は物忘れがひどくなってね。あそこに座っているとなぜこんな長い旅をしたのか忘れてしまっただ」。彼女はさらに続けて言う。「自分は学校には行ったことはねえだ。（南北戦争で）南軍降伏の時は（学校に行くには）齢を取り過ぎていただ。……孫は、二、三年前に薬を貰ったが、咳のせいで時々息ができなくなるだ。それで、またその時が来て、鎮静剤を貰うためにここまで旅をすることになっただ」（二八三）。

フェニクスは、看護婦から薬瓶を、そして受付係からは五ペニーをともにクリスマスの「慈善」として受け取ると、孫の土産に紙製の風車を買って、また、長い家路を急ぐのであった。

（原題“A Worn Path”）

註

（1）Eudora Welty, *A Curtain of Green* (Doubleday, 1941). 以下本書からの引用はすべて括弧内にその頁数を示す。

（2）Robert Penn Warren, "Love and Separateness in Eudora Welty," Harold Bloom ed., *Modern Critical Views : Eudora Welty* (Chelsea House, 1986), p. 19.

（3）Peggy Whitman Prenshaw ed., *Conversations with Eudora Welty* (University Press of Mississippi, 1984), p. 24.

（4）Peggy Whitman Prenshaw ed., *More Conversations with Eudora Welty* (University Press of Mississippi, 1996), p. 23.

（5）Peggy Whitman Prenshaw ed., *Conversations with Eudora Welty*, p. 157.

（6）Jan Nordby Gretlund, *Eudora Welty's Aesthetics of Place* (University of South Carolina Press, 1994), p. 42.

（7）Eudora Welty, *One Writer's Beginnings* (Harvard University Press, 1984), p. 89.

（8）Cf. Ruth M. Vande Kieft, *Eudora Welty*, Revised Edition (Twayne, 1987), p. 66.

（9）Eudora Welty, *One Writer's Beginnings*, p. 87.

（10）Peggy Whitman Prenshaw ed., *Conversations with Eudora Welty*, pp. 327–8.

第8章……………『広い網、その他』――ナチェズと《オールド・ナチェズ道》

ミシシッピ州ナチェズ

一九四四年にウェルティが発表したミシシッピ州にまつわるエッセイ「川の国についての覚え書き」("Some Notes on River Country")は「かつて住んだことのある地は決して消えることのない火のようなものである」(A place that ever was lived in is like a fire that never goes out.)で始まる名文であるが、最後は次のように締めくくられている。

ここでは、インディアン、平底船乗りのマイク・フィンク、バーとブレナーハセット、ジョン・ジェイムズ・オーデュボン、《ナチェズ道》の追い剥ぎ、入植者、説教師――馬市に、大火――戦闘、外国

図8-1●《オールド・ナチェズ道》

船の出現、洪水の発生、こういったものすべてが今なおその等身大の姿で思い出され、その美しさはわれわれの心を動かしはしないだろうか？　おそらく場所についての意識こそが情熱的なものは本質において永続するという信念をわれわれに与えるのであろう。たとえ目には見えなくとも、重要なことはすべて、そして、それを語る物語において悲劇的なことはすべて、場所が生き続ける限りは生き続け、それらの上には新しい生活が築かれることであろう——通商や、川と道路、その他放浪の方法がいかに変わろうとも。[1]

ウェルティがここで言っている「場所についての意識」(the sense of place) とは短篇集『広い網、その他』[2] (*The Wide Net and Other Stories* 1943) においてはミシシッピ州ナチェズ (Natchez)、あるいは《オールド・ナチェズ道》(the Old Natchez Trace) についての意識に他ならない。

「初恋」――ナチェズ一八〇七年

一八〇七年に寒波がナチェズに襲来してミシシッピ川にすら氷が張ったこと、アーロン・バーと彼の支持者でハーマン・ブレナーハセットがナチェズに逗留したことは史実である。ウェルティがこの史実に架空の人物ジョエル（十二歳）を登場させたのがこの作品「初恋」である。アーロン・バー（一七五六―一八三六）は米国副大統領（一八〇一―〇五）。決闘でハミルトンに致命傷を負わせた後、ミシシッピ川畔に共和国を建設しようとして失敗、反逆罪に問われたが無罪となった。ハーマン・ブレナーハセット（一七六五―一八三一）はアイルランド出身の豪族で、ウェストヴァージニア州パーカーズバーグにあるオハイオ川の島の領主となり、一八〇六年バーとともに共和国建設の密議をこらしたと言われている。

図8-2●アーロン・バー、1809年

ジョエルはナチェズにやってくる途中インディアンに襲われて両親（おそらく殺された？）と離別し、そのショックのあまり聾唖になった。今ではナチェズの宿で靴磨きをしているが、そこへバーとブレナーハセットが投宿する。二人はジョエルが聾唖であるのをよいことに彼の面前で平気で密議をこらす。ジョエルはもちろん二人の喋っている内容は判らないが、寒さのせいでバーの発する言葉（息）が空中に「塔のような」形となって現れるのを見る。それは孤独と沈黙の世界にいたジョエルにとって初めて経験する一種のコミュニケーションであった。そのためにジョエルはバーを恋するようになったと思われる。というのも、彼は、夜、夢でうなされるバーの手を握ってその苦悶を和らげ、その一方で、その後、バーが舞踏会でいっしょに踊っていた少女に激しく嫉妬しているからである。

そのバーは、史実にあるとおり、逮捕され、裁判にかけられる。その晩、ジョエルは、バーが（結果は、実は無罪であったのに）処刑を逃れて馬でナチェズを去って行く姿を目撃し、その後を追う。作品最後は、荒野に向かう道を歩き続けながら「ジョエルは凍った鳥の死体が木々から落ちているのを知り、そして、自分も倒れたが、まださよならを言ってなかった父と母のために涙を流して泣いた」（三三）という文で終わっている。こうして、ジョエルはバーを追い求めて命を失うことになったが、しかし、もはや孤独ではなかった。バーに対する愛に目覚めると同時に両親に対する愛も取り戻すことができたからである。

ウェルティは、作品冒頭で「どんなことであれ、それは異常時に、夢の季節に起こったことで、それはナチェズではこれまでで最も厳しい冬であった」（三）と述べているが、そのことが史実にジョエルについての架空の物語を絡ませることになった理由であろう。それはまた作者ウェルティにこの短篇を夢見させただけではなく、その中でジョエルという少年にも、たとえ「夢の真の結末」（the true outcome of any dream）が思いもよらないものであったにしても、少なくとも初恋という夢を見させることにはなったと言えよう。

（原題 "The First Love"）

「静寂の瞬間」――《オールド・ナチェズ道》一八二X年

この短篇での《オールド・ナチェズ道》に登場する三人の歴史上の人物については「ライブラリー・オヴ・アメリカ」の註は次のように述べている。「ダウ、オーデュボン、マレルの人物像については、ウェルティはメソディスト派の巡回説教師ロレンゾウ・ダウ（一七七七―一八三四）、鳥類学者で博物学者のジョン・ジェイムズ・オーデュボン（一七八五―一八五一）、最初は馬泥棒で、後には奴隷を誘拐して転売しバレると殺害したことで有罪の判決を受けたというジョン・A・マレル（一八〇六―一八四四）に関する著作や伝説に依拠した[3]」と。

この三人が《オールド・ナチェズ道》で出会ったという史実はないが、それを想像することは可能である。ウェルティは一羽の白鷺を登場させることでそれをやってのけた。

その思わぬ瞬間、それは純白の輪郭を描いたままじっと立っていた。頭には耳羽をつけ、そして婚羽

図8-3●ジョン・ジェイムズ・オーデュボン

図8-4●ロレンゾウ・ダウ、1820年頃

を光の中に拡げて、水辺の小生物をゆっくりと食べていた。彼らはそれぞれ他の二人の間にちょっとしたスペースを置いて、感極まった状態で立っていた。その三人の男たちが互いに出会ったことを、彼らの人生でこの交わりの瞬間が訪れたことを、それともその見込みが実現したことを予想できた者は誰もいないだろう。しかし、彼らの眼前には、夕暮れに包まれて白鷺が草地に休んでいたのだ。それは夕暮れよりも明るく清澄な姿で、そして、体内に飛翔とその美しい周遊を封じ込め、目に触れ、静止する一羽の鳥として存在し、その動きは「飛び立ち」の前であるかのごとく静穏であった。……

これまで男たちそれぞれの願望はひたすら、、、、、、、ありとあらゆるものを望むことであった。ありとあらゆるもの——すなわち、ありとあらゆる魂を救いたい、ありとあらゆる人間を殺したい、この世のありとあらゆる生命を観察して記録したいという願望であった。が、今、このひたむきではかない情熱は一瞬三人の男たちから離れて、沼地の雪白の静かな一羽の鳥に向かって広がっていったように思われた。それはあたかも三つの旋風がある一つの中心に引き寄せられてそこに一羽の雪白の鷺が穏やかに餌を食べているのを発見したかのごとくであった。しかるべき時がくれば、それはゆっくりとした螺旋運動をして飛び去っていくだろう。が、しばらくの間は、それは男たちを静寂に、心安らかにさせ、そして、男たちもつかの間であっても肩の荷を降ろすことができたのであった。（八八）

このような「静寂の瞬間」が起こり得たのは何年のことか。これはあくまで想像上の出来事だから、あまり詮索しても意味のないことであるが、ウェルティはなぜか特定している。「舞台はミシシッピの荒野で、一八一一年の歴史的に有名な年――《奇跡の年》（アヌス・ミラビリス）――に、すなわち、アラバマに星が墜ち、旅ネズミ、あるいはリスが大陸をまっすぐ突進してメキシコ湾に飛び込み、地震が起きてミシシッピ川を逆流させ、ミズーリ州ニューマドリードの町が崩壊して消失した年に起こったのです」(4)と言う。しかし、これは何かの勘違いだろう。一八一一年ではマレルはまだ五歳であるからだ。そのマレルが逮捕されて近くのヴィクスバーグの町で裁判にかけられたのは一八三五年であるから、これはそれ以前の出来事であり、そして、実際ダウやオーデュボンがミシシッピ地方に滞在した時期なども考慮に入れると、一八二〇年代の終わりから三〇年代の初め頃に想定できるのではないか。なお、ウェルティはマレルのファーストネームをジェイムズにしてジェイムズ・マレルと言っているが、実在の人物はジョン・A・マレルである。これも彼女の勘違いではないか？　わざとそうしたのなら、マレルのファーストネームだけを変えるのも妙な話だ。

（原題“A Still Moment”）

「広い網」――《オールド・ナチェズ道》現代(1)

『広い網、その他』に収められた右の二編以外の四つの短篇「広い網」、「リヴィー」、「風」、「アスフォデル」において登場するのは歴史上の人物ではなく架空の人物たちであるが、彼らが生きているのは現代であると考えてよい。これら四つの短篇をくくる共通項をあげれば、それは《オールド・ナチェズ道》という地名である。

「広い網」では、妊娠中のヘイゼルは朝帰りをした夫ウィリアム・ウォレスに「パール川（ミシシッピ州中央部から南下する川）に飛び込んで自殺する」という書置きを残して姿をくらます。ウィリアム・ウォレスらは「広い網」を使って川浚《さら》いをするためにパール川に向かう。パール川に行くにはいつも《オールド・ナチェズ道》を通り、「深い森」を抜けなければならない。多分その道と森のせいに違いないが、彼らがパール川を浚うと不思議なものに出会う。鰐、蛇の王、そして、帰宅すると夜の虹などである。

いくら浚ってもヘイゼルの遺体は見つからない。が、彼らに深刻さはまったくない。獲れた魚を焼いてうまそうに食べるなどして、まるでピクニック気分であった。最後に、ウィリアム・ウォレスが帰宅すると、寝室に隠れていたヘイゼルの元気な姿が現れる。「こんなこと二度としないね?」と言って夫は抱きかかえるが、ヘイゼルは微笑みながら「その気になればまたするわ。今度は違ったやり方で」(七二)と答えるのであった。

(原題 "The Wide Net")

図8-5●パール川

「リヴィー」──《オールド・ナチェズ道》現代(2)

ソロモンは、若い黒人娘リヴィーと結婚したとき、実家から二十一マイルも離れた「彼の家に住まわせるために《オールド・ナチェズ道》を通って奥深い田舎に彼女を連れてきた」(一五三)のだった。ソロモンは勤勉で規律正しい立派な黒人の地主であったが、すでに年老いていて、彼女には優しく接するものの屋敷から外出するのを決して許そうとしなかった。結婚して九年経つと、「彼はついに一日中寝たきりの状態になってしまったのに、彼女の方は相変わらず若かった」（一五四）。ソロモンは悪霊の侵入を防ぐというボトルツリー（図1-5参照）を屋敷の前に植えていたにもかかわらず、ある時、化粧品のセールスの女がやってきた。リヴィーが手にした口紅は彼女を若さに、そして、新しい生き方に目覚めさせることになってしまった。

リヴィーは初めて外に出て、《オールド・ナチェズ道》を行くと、キャッシュという名の若者に出会う。彼はかつてソロモンの作男であったが、ソロモンから盗んだ金でイースターの祭りに備えてめかし込んでいた。リヴィーとキャッシュの二人は互いに心を引かれあって屋敷に戻ると、ソロモンの死を待ち望んだ。ソロモンは若すぎる妻をめとったこと、彼女を家に閉じこめたことに対して神に許しを請い、自分の勤勉と秩序の象徴ともいうべき銀時計を彼女に贈って死んでいく。リヴィーは涙ながらに受け取りはするが、その後それを床に落としてしまっても拾うことはなかった。そして、明るい戸外に出ると、キャッシュの腕に抱かれた。「戸外では、猩々紅冠鳥（カーディナル）が飛び交い、木々を閉じこめている瓶の中には太陽が差し込み、それらの木々の真ん中では若い桃の木がはち切れんばかりの春の光に輝いていた」（一七七）という。リヴィーは老人の勤勉と秩序を捨て、若者の奔放と無秩序を選択したのである。

（原題 "Livvie"）

「風」——《オールド・ナチェズ道》現代(3)

ジョウジーという名の少女の住む町（おそらくナチェズ）の外れには《オールド・ナチェズ道》が通っていて、これは現在では「恋人の小径」とも呼ばれている。中秋の彼岸風が吹きすさび始めたためにジョウジーが二階の寝室で目を覚まして思い出したのが、この道を行く《ヘイライド》（乾草を敷いた荷馬車で何人かが連れ立って行う夜の楽しい遠乗り）のことだった。なぜ彼女はそれを思い出したのか。

両親はジョウジーと弟のウィルを階下の居間に降ろす。そこで家族四人は嵐がおさまるまで一夜を過ごすことになった。その間、ジョウジーの心にはさまざまな意識（夏の思い出）が交錯する。それをたどったものがこの短篇である。やがて雷が鳴って嵐が終わると、ジョウジーは二階に戻され、今度は冬用のベッドに寝かされる。風がやんだ後、窓を打つ雨の音は外からの嘆願のように聞こえたという。

誰の嘆願か？　彼女には判らなかった。コーネラの嘆願か、甘美な夏の嘆願か、黒い小猿の嘆願か、哀れなビディ・フェリクスの嘆願か、それともホルンを手にして唇を開けた女性の嘆願なのか？　結局のところ、それらは彼女に何かを求めたのだろうか？　戸外には、荒々しくて愛しくてよそよそしいすべてのものが、彼女を手招きしながらも去って行ったすべてのものが、そして、美しいすべてのものがあったのだ。彼女はついて行きたいと思い、それらを――すべてを――あらゆるものを姿を変えた形で受け入れようとしたのだった。（一三九）

その夏、ジョウジーは町では猿回しと猿の姿を見たし、ドラッグストアで菓子を買った帰り道には頭のおかしいビディ・フェリクスが演説するのを聞いたし、また、「ショトークア」ではコルネット奏者を含む女性トリオの美しい演奏にうっとりと耳を傾け、聴衆の中には年上のコーネラの姿があるのを目撃したのだった。それらのものすべてをジョウジーは夏から冬の変わり目に吹くという彼岸風の中でまるで雨音に姿を変えたかのごとく思い出したのだ。とりわけ、近所に住むコーネラについては、嵐の中でその姿を見たような錯覚に陥ったのは何としても彼女の仲間に加わりたいという願望があったからだ。嵐の初めに、《オールド・ナチェズ道》を、つまり、「恋人の小径」への《ヘイライド》を思い出したのも、そこにコーネラの姿があったからであろう。

しかし、嵐の翌朝ジョウジーが外に出てコーネラの家の側で発見したものは彼女が恋人宛に書いたらしいラヴレターであった。コーネラはジョウジーの願望にもかかわらず、あるいは、彼女の期待を超えて、ずっと大人であったのだ。こうして、季節の変わり目に大人の世界を垣間見たように思えたジョウジー自身がその世界に入っていくのも間もなくに違いない。

（原題 "The Winds"）

「アスフォデル」と「船着き場にて」——ポート・ギブソンとロドニー

ナチェズから《オールド・ナチェズ道》を四十マイルほど北上すると閑静な住宅街のポート・ギブソンの町がある。さらに、そこから今度は狭い自動車道を南西に十二マイル進んだ林の中にひっそりと、焦げて黒くなったドリス式円柱が並んでいる。これがいわゆる《ウィンザー廃墟》（Windsor Ruins）で、かつては南部の大農園主の館（マンション）であったものが、南北戦争後、館で開かれたパーティでのたばこの不始末で炎上し、焼け残った円柱だけが今なお保存されている。ウェルティがこの廃墟に想像力を刺激されて物したのが短篇「アスフォデル」である。

三人のオールド・ミスが六本のドリス式円柱の並ぶ廃墟（実際の《ウィンザー廃墟》の円柱の数はもっと多い）にピクニックにやってくるが、これはかつてサビーナの夫ドン・マキニスの館「アスフォデル」（ギリシャ神話では極楽に咲く不死の花の意味がある）であった。ドン・マキニスはサビーナと結婚して、彼女の屋敷に移り住んだが、この屋敷とアスフォデルとは実際は背中合わせに立っていて、まるで歌の文句にある「長い、曲がりくねった、険しい、人気のない道である《オールド・ナチェズ道》の曲がり角によって隔てられた二軒の屋敷」のようであったという。つまり、サビーナとドン・マキニスは反りが合わず、その結婚は失敗に終わったのだ。アスフォデルの館に戻ったドン・マキニ

図8-6●ウィンザー廃墟

スは、その後、館の炎上とともに焼死したと思われた。一方、サビーナはやがて町の権力者となり郵便局を始め俗世間のあらゆるものを支配しようとしたが、命数尽きて昨日その葬式が執り行われたばかりだった。

彼女の友人であった三人のオールド・ミスがアスフォデルの廃墟でサビーナのことを思い出していると、死んだはずのドン・マキニスが真っ裸の姿で通り過ぎるのを見たような気がした。さらに、その後、何頭かの山羊が丘を駆け下りるのも。彼女たちは、生前のサビーナによって訪れることを禁じられていたアスフォデルの廃墟には思いもかけない秘密の、サビーナのそれとは対蹠的で俗世間を超越した自由奔放な世界が存在していたことを知ったような気がしたのだった。

図8-7●ミシシッピ川の洪水痕跡標（Flood mark）

（原題“Asphodel”）

この《ウィンザー廃墟》からさらに南西に進み（黒人学生の）オルコーン州立大学構内を通り抜けてその西に出ると、ロドニーというゴーストタウン（第2章参照）がある。ここはかつてはミシシッピ川の港として栄えたが、ミシシッピ川がその流れを変えるともはや沿岸ではなくなり港としての機能を失ったためにすっかり廃れてしまい、現在では数名の農民が住んでいるだけである。このロドニーが短篇「船着き場にて」の舞台である。「町は依然として船着き場と呼ばれていた。川は三マイルも離れてしまい、茂った木々のせいでその姿は見えず、香りもしなかった。川は洪水の時だけ戻ってきて、ボートが家屋の上を往来した」（一八〇）。

少女ジェニーは祖父に閉じこめられるように

してロドニーに暮らしていたが、その祖父が死ぬと、洪水とともに川が戻ってきた。その時現れた釣り名人の若者ビリー・フロイドはジェニーを犯す。しかし、その後、二人はフロイドの釣った魚を「歓んで」いっしょに食べるのである。洪水が引いてビリー・フロイドが去った後、ジェニーは今度は漁師たちに次々と犯される。しかし、ここでも彼女の叫び声には「本物の笑みが今ジェニーの顔をよぎった」(the original smile now crossed Jenny's face)(二一四)のではないかと思わせるものがあるかのように、それに聞き耳を立てていた子供たちを母親たちは厳しく叱責したという。ロドニーに川が戻ってきたことがジェニーを生と性の歓びに目覚めさせたのである。

(原題 "At the Landing")

「紫色の帽子」——ニューオーリンズ

『広い網、その他』に収められた短篇のうち「紫色の帽子」だけはニューオーリンズを舞台にしている。歓楽の都市ニューオーリンズのバーで、肥った男とバーテンが会話を交わしている。その会話に登場する人物が、この三十年間どんなことがあっても賭博場「快楽の宮殿」(the Palace of Pleasure)に現れ、いつも同じ「紫色の帽子」を被り、年を取らず常に中年のままだという婦人であった。肥った男によれば「彼女は幽霊だと思う。殺されたのを二度も見たことがある」(一四五)という。これはナチェズや《オールド・ナチェズ道》とはまた違ったニューオーリンズという快楽と退廃の風土に生まれたゴシック物語となっている。

（原題 "The Purple Hat"）

註

（1）Eudora Welty, *The Eye of the Story* (Random House, 1978), p. 299.

（2）Eudora Welty, *The Wide Net and Other Stories* (Harcourt Brace, 1943). 以下本書からの引用は括弧内にその頁数を示す。

（3）Richard Ford and Michael Kreyling eds. *Eudora Welty, Stories, Essays, & Memoir* (The Library of America, 1998), p. 921.

（4）Eudora Welty, *One Writer's Beginnings* (Harvard University Press, 1984), p. 89. ウェルティはマレルの年齢など無視して、単に格別な（奇跡の）年を強調したいために、この年にしたとも考えられる。つまり、実在の人物も歴史上の年も適当に組み合わせて想像したのかも知れない。なお Peggy Whitman Prenshaw, *Conversations with Eudora Welty* (University Press of Mississippi, 1984), p. 314 では一七九八年とも言っている。これではマレルはまだ生まれてもいない。

第9章……『黄金のりんご』——ミシシッピ州モルガナ年代記

「黄金の雨」——ケイティ・レイニーの語り

『黄金のりんご』(*The Golden Apples* 1949)には七つの短篇が収められている。最初の「黄金の雨」は登場人物の一人であるケイティ・レイニーが語る。「今、見かけたのはスノウディ・マクレインよ」(That was Miss Snowdie MacLain)(1)と語り始めるのだが、もちろん、これだけでは誰が誰に対して語っているのか判らない。しかし、それはすぐに明らかにされる。彼女は「行きずりの人」(a passer-by)に語ろうとしているのだ。行きずりの人ならスノウディにも自分にも「二度と会うことがないだろう」からである(ということは、彼女の語る話はスノウディにも自分にも差し障りがあることになる)。彼女は「わたしの名前はレイニーよ」と自分は名乗るけれども、その行きずりの人に名前を質すことはない。

図9－1●ビッグ・ブラック橋。ビッグ・ブラック川はミシシッピ州中央部から南西の方向に流れ、ヴィクスバーグ市の南でミシシッピ川に合流する

またその必要もない。

レイニーの話は家事（バターづくりのための攪乳）をしながらのさりげない世間話（お喋り）である。語り口もまさしくお喋りそのものである。

キング・マクレインとモルガナ

しかし、ケイティ・レイニーの一見とりとめのないこのお喋りの中に、七つの短篇を通じて現れる重要な人物と場所が紹介されることになる。まず、このお喋りをするレイニー本人に加えて、冒頭で口にされているスノウディ・マクレインとその夫キング・マクレイン。白子のスノウディはまるでゼウスがダナエを犯した時の「黄金の雨」のように「何かの雨」(a shower of something) に打たれてキングの子を宿し、双子を出産する。ところが、キングは家に寄りつかず、挙げ句には、ビッグ・ブラック川の土手に自分の白い帽子を残して（擬装自殺を図って）家出をしてしまう。町の人々が川浚《ざら》いをしてももちろん遺体は見つからない。このように、キングは放浪癖を持ち、加えて、女たらしだから、さまざまな女との色事を求めて放浪することになる。キングにとって色事は憧れ求めてやまないもの、つまり「黄金のりんご」なのである（「黄金のりんご」の比喩については後でまた触れる）。
彼らの住むミシシッピ州モルガナはヴィクスバーグ近くにあることになっているが、作者ウェルティの作り上げた架空の町である。ウェルティは最初、この地名を「バトル・ヒル」（Battle Hill）にしていたが、ファタ・モルガナ（Fata Morgana 蜃気楼。特にイタリアのシチリア島の沖、メッシナ海峡付近に見られるものをいう。転じて、幻想の所産）という思いつきに大いに喜んでモルガナという名にしたという。それに、ミシシッピ州のその地方にはモーガン（Morgan）という姓の人々が多く住んでいるともいう。

しかし、読者は、ケイティ・レイニーのさりげない「（キング・マクレインのような家出は）その気になればモルガナではちょっとした流行になったかも知れないわ」といった言葉からやっと町の名を知ることができるのである。実在するビッグ・ブラック川の言及がなければ、それがミシシッピ州にある町なのかどうかも判らない。

図9-2●夕暮れのヴィクスバーグ市

一九〇四年？

ところで、ケイティ・レイニーは行きずりの人にこの話をいつ

『黄金のりんご』メモ

登場人物

フェイト・レイニー、ケイティ・レイニー（夫妻）
ヴィクター・レイニー（息子）、ヴァージー・レイニー（娘）
キング・マクレイン、スノウディ・マクレイン（夫妻）
ランドル・マクレイン、ユージーン・マクレイン（双子）
キャシー・モリソン、ロック・モリソン（キャシーの弟）
エクハルト先生
シサム（靴屋）
ジュニア・ホリフィールド、マッティ・ウィル（夫妻）
ジニー・ラヴ・スターク（ランドルと結婚）、リジー・スターク夫人（ジニーの母）
エマ（ユージーンの妻）
スペイン人
その他

年表

1904?　ケイティ・レイニーのお喋り（モルガナ年代記の始まり）
1917　「六月のリサイタル」が行われる
1920　ヴァーシーとエクハルト先生との再会
1921?　マッティ・ウィルがキング・マクレインに犯される
1923?　ムーン・レイクでの水泳教室
1935?　ランドルが妻を寝取られる
1940?　ユージーンがスペイン人と放浪する
1944　ケイティの死（モルガナ年代記の終わり）

所　ミシシッピ州モルガナ（ヴィクスバーグ市近郊）

(何年に) しているのか。この短篇の第二部の冒頭には「事件が起こったのはハロウィーンの日だったの。つい先週のことなのに——ありえないことのように、もうなってしまったわ」とあるから、彼女はこの話を某年のハロウィーンの一週間後に語っていることになる。それが何年のことであるかはしかとは判らない。ただ、家出中のキングの姿が、ジャクソン市に新しく立ったばかりのミシシッピ州議事堂の前で行われたヴァーダマン州知事の就任パレードの見物人の中に見られたとある。歴史年表によれば、ミシシッピ州議事堂の新築とヴァーダマン州知事の就任は一九〇四年となっているから、おそらくこの年のハロウィーンであろうと推測できる。

この時、夫のキングが家出をしている間にスノウディが生んだ双子(それぞれ名をランドルとユージーンという)は四、五歳の男児に成長していて、このハロウィーンの時にはお面をかぶって遊んでいる。ケイティの語る事件とは、キングはこのハロウィーンの日に久しぶりに戻ってくるが、お面をかぶった双子の息子に脅かされて家に入ることも、ましてやスノウディに会うこともできずに風のように引き返して行った姿が目撃されたというものである。

もちろん、それはスノウディには決して名誉にはならない事件であるから、二度と会うことのない行きずりの人にしかケイティは語ることのできない類の話なのである。それに、もう一つ、ケイティはこの話の最後を「このジャージー牛の子牛を賭けてもいいけど、キングにはどこかで子種を落として行くくらいの時間はあったはずよ。あたしったら、何でこんなことを言うのかしら。うちの人には言わないわ。だからあなたも忘れてよね」という台詞で締めくくっている。つまり、ケイティによれば、家に入れず妻にも会えずさっと去ってしまっても、女好きのキングはその代わりによその女に手を出したに違いないというのである。そんなキングの好色ぶりを夫に対して話題にするのは憚れる。しかも、どこかの女に子種を授けたに違いないというのは妙に確信ありげな口振りである。「どこか」の女というのは自分を含んでのことであっても不思議でない。そうであるならば、これはもう絶対に夫には話せない。もっとも、ケイティがこの時授かった子供がヴァージーであるというのはありえない。ヴァージーはこの時すでに赤ん坊であるからだ。似たような事件が前年にも起こったと考えられないこともないが、それでもヴァージーがキングの子であるという確実な証拠はない。

このようにして、ケイティは一九〇四年にこの話をしていると推測されるのであるが、それにしては不思議なことが一つある。ケイティは、擬装自殺をしたキングの遺体が発見できなかったことに関連して「これまでこのあたりで、ビッグ・ブラック川で溺死した人はみんな見つかっているんです。靴屋のシサムさんもその後溺れたけれど、死体はちゃんと見つかりました」と言う。このシサムが登場するのは次の短篇「六月のリサイタル」においてであるが、彼の溺死はケイティが話している時点から十年くらい経って起こることで、現在の彼女には予言者でもない限り絶対に知り得ない事実なのである。それならば、どうしてケイティはそんなことを口走ることになったのか。

(原題 "Shower of Gold")

「六月のリサイタル」

二つの出来事

二つ目の短篇「六月のリサイタル」では、モリソン家の息子ロックがマラリアに罹って自宅で養生している。彼は退屈を紛らせるために、望遠鏡で、今では空き家になっている隣家のマクレインの屋敷を覗いてみると、その屋敷の二階には若い娘が船員を連れ込んでいちゃついているのが見える（実は、ケイティの赤ん坊だったヴァージーが十六歳に成長したときの姿であった）。階下には一見船員の母とおぼしき老婦人の姿も見える。ロックが姉のキャシーにもその光景を見せると、キャシーは自分やヴァージーが十三歳の頃エクハルト先生にピアノのレッスンを受けたことを思い出す。さらに、先生が催す「六月のリサイタル」に出演したことも。その回想がこの短篇の主な内容である。十歳のロックの視点で語られるのが現在（一九二〇年頃）の出来事、そして、キャシーが回想する出来事はそれを少し遡って一九一七年から一八年の頃のことで、違った年代の二つの出来事がここでは重なりあって語られている。

どこからともなく聞こえてくる（おそらく老婦人が弾いているに違いない）「エリーゼのために」のピアノの旋律とともに、キャシーには「失われた時」の記憶が鮮明に蘇ってくる。

一九一七年、ヴァージーとエクハルト先生

一九一七年頃、マクレイン家の二階にはドイツ人ピアノ教師エクハルト先生が母親とともに下宿し、日々の糧を得るためにモルガナの少年少女たちに個人レッスンをしていた。その生徒の中でヴァージーの才能は抜群で、エクハルト先生は彼女を一流のピアニストにするために格別の情熱を注いだ。熱心さのあまり先生は生徒であるヴァージーに対して卑屈とも言えるほどの態度で接し、「ヴァージー・レイニー、ダンケシェーン（ありがとう）」と幾度となく口にするのであった。しかし、ヴァージーは先生の期待に必ずしも素直に応えたわけではなかった。先生がメトロノームの使用を強制するなら、ピアノを弾かないとまで言い張った。先生はヴァージーを失うことをおそれて使用を断念した。総じて、ヴァージーは、他の生徒に較べてよく言えば独立心が旺盛、悪く言えば気ままで生意気、加えて、おませでもあった。しかし、そんなことに構わず先生は、貧農のレイニー家が月謝を払えなくなると無料でレッスンをしてまで、ヴァージーにピアノを続けさせた。そして、一九一七年、彼女の生徒たちの発表会である「六月のリサイタル」を迎えることになるが、それはエクハルト先生にとって、準備に精を出しその成果をモルガナの人々に得意になって披露できる晴れの舞台であった。しかし、何がこれほどまでに彼女を熱心にさせたのか？

それから三年後（一九二〇年）、十六歳になったキャシーには「エリーゼのために」の旋律とともに頭の中に詩の一行が浮かんできたという。それはW・B・イェイツの「さまよえるエーンガスの歌」

(“The Song of Wandering Aengus”)からの「さまよい歩いて年老いた身なれど」(‘Though I am old with wandering.’)という一句であった。これはケルト神話の神エーンガスが「黄金のりんご」を髪に飾った乙女を求めて果てしなく放浪することを歌ったものである。愛と美と若さの象徴である「黄金のりんご」をなんとしても摘みたいからである。キャシーはエクハルト先生の生きざまにこのエーンガスの姿を重ね合わせてみたのであった。エクハルト先生はヴァージーを一流のピアニストに育て上げることによって「黄金のりんご」を摘もうとしたのだ。

しかし、モルガナの人々はそうはさせなかった。ドイツ人エクハルト先生はモルガナでは完全に異邦人であった。彼女が豚の脳味噌を料理しキャベツをワインで煮て食べるようなことは彼らには異様に映った。ある時、エクハルト先生は黒人の暴行を受けたが、傷が癒えると恥ずかしがりもせず、そのままモルガナの町に居座った。これもモルガナの人々には信じられないことであった。また、彼女は長老派の教会にもメソディスト派の教会にも通わず、聞いたこともない遠くのルター派の信徒であった。彼女はどこからやってきて何をしようとしているのか？　それはミシシッピ州の片田舎であるモルガナの人々の理解をはるかに超えていた。

エクハルト先生はどこから来て、最後にはどこへ行ったのか？　モルガナではほとんどの人の運命は誰にも判っていて、改めて口にする必要はないように思われた。

……

彼女にはどこにいようとも、親しい人はいなかった。確かに、これまで誰もいなかった。彼女が親しくしたいと思ったのはヴァージー・レイニー、ダンケシェーンだけであった。

ミス・スパイツが言ったように、エクハルト先生も、自分の名をファーストネームで呼ばせていたなら、他の婦人たちのように扱われたことであろう。あるいは、みんなの知っている教会の信徒であったなら、婦人たちも彼女を何かの会に招待したことであろう。……それとも、誰かと結婚していたなら——ミス・スノウディ・マクレインのようにひどい男と結婚していたなら——みんなは気の毒がってくれたことであろう。（五八）

モルガナの人々は、ヴァージーの運命がエクハルト先生の「黄金のりんご」の夢の犠牲（？）となって自分たちとはほど遠い存在になるのを許そうとはしなかった。六月のリサイタルが終わると、人々は自分の子供をレッスンに通わせなくなった。折しも、第一次大戦中で、ドイツ人エクハルト先生に対してますます反感を抱くようになり、ヴァージー自身も兄のヴィクターが戦死すると、無料レッスンを受けるのを止めてしまった（一九一八年、ヴァージー十四歳の時）。「おそらく、モルガナでエクハルト先生やヴァージーにひとかどの人物になってほしいと思うものは誰もいなかったのだろう」（五六）。

そのエクハルト先生にもモルガナで憎からず思っていた男はいた。チェロを弾く靴屋のシサムで、教派も違ったから彼女はいっしょに教会に通うこともできなかったが、それでいて彼がチェロを演奏する機会には熱心に出かけた。しかし、彼はビッグ・ブラック川で溺死してしまい、エクハルト先生はその埋葬では人々が驚くほどに泣き叫ぶより他なかった。ちなみに、先の「黄金の雨」の中ではケイティ・レイニーがこのシサムの溺死について言及することは不可能なことであると述べたのは、このようにして彼の溺死は一九一七年前後の出来事であるからだ。

一九二〇年、再会

レッスンに通わなくなったヴァージーは、やがて町の映画館でサイレント映画のピアノ伴奏の職に就いた。エクハルト先生はマクレイン家の下宿を引き払い、いっしょに暮らしていた母と死別してからは、施設に入っていた。マクレイン家の人々も引っ越して屋敷は空き家になっていた。そして、一九二〇年、隣家のロック・モリソンが目にし、姉のキャシーが耳にしたのはその後のヴァージーとそして老婦人ことエクハルト先生の姿であったのだ。明らかに頭のおかしくなったエクハルト先生は下宿していた時の過去の記憶を再現するためか、それともそれを消し去るためか屋敷に火をつける。ボヤ騒ぎの後、保安官に連行されるエクハルト先生と、その教え子ヴァージーは道端で顔を会わせることになる。それをキャシーは固唾を飲んで見つめる。「エクハルト先生の前で止まる」というキャシーの思いに反して、「ヴァージーは通り過ぎてしまった。先生と昔の生徒が互いに視線を交わしたことはキャシーには判った。しかし、エクハルト先生が、一瞬、思い出そうとして目を閉じたかどうかは定かではなかった。明白な事実は、その出会いがただヴァージー・レイニーが通り過ぎて行くことで終わったことだ。彼女はエクハルト先生の横を……一言も発せず、一瞬、立ち止まりもせず、まっすぐ去って行ったのだ」（七九—八〇）。

その晩、キャシーは二人の再会について考えてみる。「確信を持って言えることは、あの二人の間には、まるで今までずっと旅をしてきたかのように互いを遠ざける隔たりがあったことだ。……その隔たりが二人を変えてしまったのだ。……互いを見て、どちらも話したくなかったのだ」。すると、彼女の耳に懐かしく思い出される「ダンケシェーン」という響きも「過去のものとなっただけではなく、擦り切れて投げ捨てられてしまったのだ。エクハルト先生もヴァージー・レイニーも、恐ろしいほど思いのままに地上をさまよう人間だったのだ」（八四—五）。かつては、エクハルト先生はヴァージーという生徒に自分の「黄金のりんご」を見つけようとし、ヴァージーもそれに応えるかに思われた時があった。それは「ダンケシェーン」という言葉が二人の間で交わされた時であった。しかし、その後、ヴァージーはエクハルト先生の夢を無視して、いや、裏切って（それとも、自分自身の「黄金のりんご」を見つけようとしてか）自分の道を歩み始めたのだ。

キャシーの頭の中では、最後に、あのイェイツの「さまよえるエーンガスの歌」の詩の今度は全部が思い出されてくる。その中の「炎が頭のなかで燃えさかっていたので」（"Because a fire was in my head"）という一句を彼女は口ずさむ。そして、その炎に取りつかれた顔、「厳粛な、癒されない、まばゆい顔」（the grave, unappeased, and radiant face）が夢の中で自分を覗き込むのを見たという。それはエクハルト先生の、そして、ヴァージーの顔であり（ちなみに、エクハルト先生がマクレインの屋敷に放火したときには、実際に火が彼女の髪に燃え移った）、また「恐ろしいほど自由な、地上をさまよう人間」（human being terribly at large, roaming on the face of the earth）の顔でもあったのだ。

しかし、「そして、そのような人間、道に迷った獣のような人間は他にもいた」（And there were others of them — human beings, roaming like lost beasts）（八四—五）と語られているが、それは、例えば誰か？

（原題 "June Recital"）

「うさぎ殿」——like father, like son？

「うさぎ殿」は七編中最も短い短篇であるが、二部に分かれている。時は一九二一、二年頃、田舎に住むマッティ・ウィルは夫とモルガナの森に出かけた折、キング・マクレインと出会う。そして、夫が散弾に当たって気絶している間に、彼女はキングに犯される（第二部）。ことが済んだ後、マッティは夫を助けて家路を辿りながら、数年前、十五歳のとき同じく十五歳になったばかりであったキング・マクレインの双子の息子たちに犯された（一九一五年？の）出来事（第一部）を思い出す。

事柄は深刻であるのに、それを語るマッティの口調は底抜けに明るい。それは、もともとマッティには機会があれば伝説的な「女たらし」のキングと経験してみたいという願望があったからだ。だから、最初の出来事でも相手がキングだと思ったのが、実は息子たちであることが判明した時には多少がっかりもする。しかし、「二人は父親のキングと瓜二つ」だったし、それにみんな十五歳の若さで「分別も用心も欠けていたのだ」ということになる。現在、結婚した後で、「湿った春の土の上をいい子ちゃんたちのマクレインの双子と転げ回ったなんて話をしたなら、（夫の）ジュニア・ホリフィールドは殴りつけただろう」（八八）というわけで、まったくあっけらかんとしたものである。

待ちに待った本物のキング・マクレインに辱められた時にも、やはり多少の失望感を味わった。ことが終わった後、マクレインは寝入ってしまったが、その姿は「体のすべての部分が今は自分の夫のそれと同じくらい活気がなく、……砂糖キビのキビ殻のように役に立たないものだった」（九六―九七）からだ。さすがのキング・マクレイン（七十歳代）も老いてきたのか？　すると、マッティの心には双子の息子たちのことが蘇ってきた。「あの日、……彼らは若々しい鹿、いや、もっと遠い生き物……カンガルーのようだった」（九八）と。

この短篇で、父親のキングがうさぎに喩えられていることは明らかである。マッティの頭には「夜の頃合いを見計らって、踊るのがうさぎ殿の習性」の文句が浮かんだという。ただ、J・N・グレトランド教授が指摘しているように、「うさぎはそそくさと、そして、ほとんど機械的な交尾をするということでよく連想される動物で、このことが偉大なる女たらしという（キングの）神話に皮肉な意味を与えている(2)ことになる。もっとも、十五歳のとき、父親のまねをするかに見えた双子の息子たちが同じように「うさぎ」になることはまずありそうになかった。といっても、いつまでも「若々しい鹿」や「カンガルー」でいることもできないことが判る時がやがてやってくる。

（原題 "Sir Rabbit"）

「ムーン・レイク」

一九二三年？　夏

子供の成長は早い。短篇「六月のリサイタル」では、ロック・モリソンはまだ十歳で、望遠鏡に映る光景が全く理解できない子供に過ぎなかったのに、それから、二、三年後（一九二二、三年）にはボーイ・スカウトの隊員として水泳監視人となり、人命救助をするまでになっているのである。短篇「ムーン・レイク」での出来事は、このようにして人命救助も行われたのだから、モルガナ年代記の中では一夏のほほえましいエピソードと言えよう。もっとも、そこにはモルガナの少年少女や大人たちの風俗もたっぷり描かれている。

「ミシシッピ州モルガナから三マイルのところ」にある湖ムーン・レイクで水泳教室が開かれた。参加したのは「(町の少女たちに加えて）少女たちの半分が孤児院の子供たちであったのは、ビリー・

図9-3●リー・トマス著『ビリー・サンデー物語』表紙

サンデーが町を訪問した後、ネズビット氏と成年聖書研究会の発案で彼女たちがむりやり招待されたからである」（九九）。このビリー・サンデーというのは通称で、本名をウィリアム・アシュレイ・サンデー（William Ashley Sunday　一八六二―一九三五）といい、彼は野球選手から長老派の牧師になり、科学と政治的リベラリズムを攻撃して、聴衆の宗教心を煽って帰依させることで有名な熱狂的巡回説教師であった。一九一〇年から二〇年にかけてがその活躍の全盛期で、聴衆の献金で莫大な財をなしたといわれている。

この水泳教室はモルガナのお偉方がそんな説教師の影響に浮かれて催した行事であったから、初めから何となく俗物的で偽善的な、少なくともどこか胡散臭い雰囲気があったとしても不思議でない。行事に参加した人物たちの言動にもそれを敏感に嗅ぎ取った節が窺われる。

モルガナの風俗

まず、水泳監視人のロック。彼はすでに十二、三歳になっていて、同年代の少女たちに対して興味がないはずがないのに無関心を装っている、いや軽蔑の態度すら見せている。この仕事を「試練」と見なし、「母親に騙されてこんな仕事に就いたのだ」と考えている。水泳教室自体が胡散臭いのだから大人に「騙されて」というロックの感情は理解できるにしても、少女たちに対する無関心や軽蔑は素直でなく、自分で自分の気持ちを偽っているように思えるのだ。

次に、ニーナとジニー・ラヴ。いずれもモルガナの良家のお嬢さんでありながら、孤児のイースターが自由な生き方をしているかに見えると（例えば、孤児は自分の名を自分で付けることができると聞かされた後では）、ニーナが「自分が孤児であったらなあ」と言うのはどこかしらじらしい。モルガナの大人が「水泳教室」を催したきっかけと同じくらい欺瞞的で空しく感じられる。この二人のお嬢さんは物語最後で夜テントに映った若者ロックの裸像を見ても、ロックが自分の肉体美に陶酔しているのだと考えて、ジニーなどは「明日、モルガナで言いつけてやるわ。彼は隊員の中でもっともうぬぼれの強いボーイ・スカウトだと。それに、がに股であることも」（一三八）と言う。ジニーがここで言っていることが仮に本当だとしても、若いお嬢さんなら男の裸に対してもっと興奮していいはずで、これほど白けた口の利き方をしなくともよいではないか。その後、「あなたとわたしはこれからいつまでもオールド・ミスね」と付け加えている言葉はシニカルそのものである。ここのお嬢さんたちも俗物的モルガナ社会の産物である。

もう一つ、モルガナ社会の風俗の特徴を表す端的な例として挙げられるのは、溺れて意識不明になった孤児イースターをロックが蘇生させる場面でのリジー・スターク夫人の反応であろう。ロックがイースターをテーブルに載せて必死に人工呼吸をしているのを見て「キャンプの母」であるスターク夫人は「ロック・モリソン、そのテーブルから降りなさい、恥を知りなさい」と叫ぶ。二人がセックスをしているのと勘違いしたのである。これではロックの英雄的行為も台無しであるばかりでなく、すぐにセックスを連想して過剰な反発を示すモルガナの婦人たちの清教徒的な（？）道徳観が知れてくる。その一方で、キング・マクレインの息子で二十三歳になったランドルは、同じように性的なものを連想しても、それを「慣れた目つき」（his seasoned gaze）で見つめていたという。この違いは男と女の違いによるものか、それとも別の理由によるものか、いずれにしても、二人ともに同じモルガナの住民であることには違いない。

（原題 "Moon Lake"）

「世間の誰もが知っている」

一九三五年？　ランドルの危機

ムーン・レイクの水泳場にこっそり紛れ込んでいたランドル・マクレインと「(自分は) いつまでもオールド・ミスね」と言っていたジニー・ラヴ・スタークの二人は、それから十余年後には、結婚ばかりか不倫までもしてしまい、ランドル（三十五歳）は重大な危機を迎えることになった。彼は妻ジニー（二十五歳）の不倫の腹いせに自分もメイディーンという十八歳の田舎娘をたらしこんでヴィクスバーグの町に戯れの駆け落ちをするのだが、本気になってしまったメイディーンは彼に邪険にされると自殺してしまう。

この短篇は「父さん、父さんは今どこにいるか知らないけれど、話がしたい」というランドルの悲痛な呼びかけで始まっている。もちろん、父のキング・マクレインは放浪中でどこにいるか判らない。しかし、三十五歳にもなった息子がよりによってそんな父親になぜ話がしたいというのだろうか？

父親に代わって母親が話しかけた（ようにランドルには思われた。原文はイタリックになっていて、母親が実際に話しかけたのか、それとも、それはランドルの妄想なのか判然としない。後者の方に解釈するとランドルの心はいっそう屈折していることになる）。「オマエハドコニイッテイタノ？……ソンナニ落チ込ンダ様子ヲシナイデ頂戴。今デモまくれいんノ家ニ戻ッテ来テ、ワタシトイッショニ住ンデモイイノヨ」。現在、母親のスノウディ・マクレインはモルガナの屋敷を引き払ってマクレインの生家に身を寄せているのだが、妻に裏切られた息子に対してはどこまでも優しい。しかし、息子は答える。「母さん、それはできないよ。僕がモルガナに留まってなければならないのは判っているでしょう」（一三九）。ランドルは銀行員であるから町にいなければならないという理由もあるが、結婚した大の男が母の許に戻るようなことはすまいというくらいの分別は具えている。が、それだけにひとりで耐えねばならない辛さがある。だからあんな父であっても、呼びかけたくなるのか？

女たちの意見

ランドルが同じ銀行で働く若者ウッドロウ・スパイツに妻を寝取られたことは、モルガナでは「世間の誰もが知っている」ことなのだ。

そんなランドルに、モルガナの婦人の一人パーディタ・メイヨー夫人などは次のように諭す。「ランドル、いったいいつになったら大事な奥さんのところに戻るの？　奥さんを許してあげなさい。恨みを根に持つなんてするもんじゃないわ。あなたのお母さんはお父さんをこれぽっちも恨んだことはないわ、彼のおかげでひどい人生になったのに。……この世ではわたしたちはみんな過ちを犯す人間なのよ。……ラン（ドル）・マクレイン、あんたは奥さんのところに戻りなさい、いいこと。これは肉体のことで心のことではないのだから、終わるって。ジニー・ラヴもこんなこと三、四カ月で止してしまうわ。判った？　だから、機嫌良く戻るのよ」（一四〇）。あなたの父は有名な「女たらし」であるうえに家にも寄りつかなかったのに、お母さんは恨んだりしなかった。あなたもお母さんに倣ってジニーを許してやれというのがメイヨー夫人の意見である。寛容な心を持てというのである。ランドルは頭の中ではそうすべきであると考えないわけではない。

しかし、肝心の母の意見はこうである（ようにランドルには思われた）。「モシオマエガアノじにー・すたーくノトコロニ帰ルヨウナコトガアルナラ、ワタシハ我慢デキナイ。……アノ女ガ何ヲシタカ、世間ノ誰モガ知ッテイルノヨ。男ノ人ガシタノトハワケガ違ウノヨ」（一五七）。男の不倫は許せても、女のそれは許せないし、それに世間体もあるというのが母の考えである。旧弊を免れないでいると言えば、まさしくその通りである。だが、ランドルの心の中では母の意見の方がより切実に思われる。それに女に裏切られたという感情は、妻のジニーに対してだけでなく、自殺をするなど夢にも思わなかったメイディーンに対してもある。ランドルは許すか許さないかの板挟みで苦しむ。父も兄（弟）のユージーンもどちらも遠くにいるから甲斐ないことであるが、彼はその二人に訴えたい気持ちを抑えることができない。「父さん、ユージーン！ あんたたちが出かけて行って見つけたものはこれよりましだったのだろうか？」それでいて妻のことが気懸かりでもあるのだ。「でも、ジニーはどこなんだ？」（二六〇）。

（原題 "The Whole World Knows"）

「スペインからの音楽」

一九四〇年？ ユージーンの危機

それから五年後、ユージーンはサンフランシスコにいた。彼が「見つけたもの」はランドルのものと較べて決して「ましでは」なかった。

年上のエマと結婚して十二年、今では妻は自分よりも肥っている。前の年、娘のファンを病死させてからは夫婦の間は冷え切っている。そんなある日の朝、仕事（時計の修理工）に出かける前に妻を殴る。顔にパンくずがついているのを注意されたという些細なことが表向きの理由であった。しかし、内心は、妻を殴ってみることで現在の夫婦関係を、ひいては自分の生活を変えるきっかけにしたいと思ったのだ。したがって、今日は時計屋に行って仕事に就くというのではなく、いつもとは違った非日常的な一日を送れればと願った。その一日を語っているのがこの短篇である。これは規模こそ違えジョイスの『ユリシーズ』に似ていることを指摘する研究者もいる。ブルームのダブリンに代わってユージーンがサンフランシスコを放浪する一日が語られているのだという。

そんなユージーンは、交通事故に遭いそうになった大男のスペイン人をふとしたことで救うことになる。スペイン人は、前夜妻といっしょに出かけた演奏会でのギター奏者だった。ユージーンはこのスペイン人が英語を喋れないことを知るが、いっしょに一日サンフランシスコとその外れの海岸を放浪する決心をする。その物語は、英語での対話が不可能であるから、しばしばユージーンの独り言（内的独白）になりがちである。

放浪とスペインからの音楽

しかし、せっかくサンフランシスコの町を歩いても、ユージーンの心に浮かんでくるのはややもすると故郷の景色や人々についての想い出であった。例えば、サンフランシスコの朝霧がやっと晴れてあたりが見渡せるようになると「彼には恋しくなった。ミシシッピの冬のあの自然のままの斑模様の大地が。褐色の包み紙を被せられたような木々、ゆっくり時間をかけて生長する木々、枯れて散らばったサトウキビの茎、双子の兄（弟）が今でも狩をしていると思われる冬の沼地が、である」（一六九）。それから、レストランでスペイン人を前に昼飯を食べた時には「彼はすっかり忘れていたのに、ミシシッピのエクハルト先生のことや、ラン（ドル）ではなくて自分が受けた彼女のピアノのレッスンのことを、今、急に思い出した」（一八〇）。また、酔っ払いが道端に寝ころんでいた時には「突然、ユージーンはしばしば不可解に襲ってくるある感情にとらわれた――それはもう何十年も会っていない双子のラン・マクレインに対する、恋人にでも抱きそうな強い、秘められた思いだった。ランはうまくやっているだろうか？　ほとんど音沙汰がないじゃないか？」と（一八七）。そのランはモルガナに留まってはいたが、（前の短篇で見たように）少なくとも五年前には妻の不倫に苦しんでいたのだ。一方、ユージーンの方は、妻のエマは不倫こそしていないが、彼に対して心を開こうとはしない。加えて、彼には、このようにしてしばしば望郷の思い（それとも故郷喪失の念？）が襲うのであった。

そんな中で、ユージーンは放浪をともにしたスペイン人から何かを得ることがなかったか？　彼はサンフランシスコの断崖で風に吹き飛ばされそうになって大男のスペイン人にしがみついた。そして、しがみついて振り回されると、彼は心にある予感を得たという。さらにもう一回振り回されると「また予感が浮かんだ。それは……未来のヴィジョン」で、「エマが生娘のようにはつらつとして彼を抱きしめてキスをし、自分もその愛の徴に応える」（一九七―八）という光景であった。それは自分たち夫婦の愛の啓示のように思われた。それはユージーンがスペイン人から受け取った「スペインからの音楽」（music from Spain）と言えるものであった（あるいは、それがこの場合の彼の夢見た「黄金のりんご」であったと言ってもよい）。

帰宅して、ユージーンはそのスペイン人に会ったことを興奮しながら妻とそしてそこにいっしょにいた隣の夫人とに語る。しかし、その二人は「あの人、消化不良だったと思うわ」とか「趣味の悪い人だったわ」と答えるだけだった。ユージーンの見たヴィジョンは空しかったのである。

（原題 "Music from Spain"）

「放浪者たち」

一九四四年、モルガナ年代記の終わり

舞台は再びモルガナに戻る。作品「黄金の雨」でケイティ・レイニーがモルガナ年代記を始めてから四十年余りが経過した。そのケイティが七十歳近くになって死を迎える。すでに息子は戦死し、夫には先立たれていたが、一九二一年、十七歳になった娘のヴァージーが突然メンフィスから戻ってきてからはずっといっしょに暮らしてきた。その間、ヴァージーは二、三の男との付き合いはあったが、現在四十歳を超えても独身で、昼は町の製材会社でかつてはピアノを弾いていた指でタイプを打ち、夕刻にはきちんと帰宅すると牛の乳搾りをして母の農作業を手伝うといったふうにして過ごしてきた。

ケイティの葬儀には親戚やモルガナの人々が大勢集まった。やはり七十歳近いスノウディが故人に死装束を整え、夜伽をした。その側には夫のキングの姿があった。この糸の切れた凧のような夫は、数年前、妻の許に帰っていたのだった。さしもの「女たらし」にも年貢の納め時が来たのだった。「黄金のりんご」を求めての彼の放浪は終わったのだ。キングの孫たちの目には、「おじいちゃんはもうすぐ百歳だ。百歳になればポンとはじけるんだ」と思われた。

通夜の喧騒の後、夜遅く、ヴァージーはひとりビッグ・ブラック川で水浴をする。その時初めて「大切であったと思われた絆が千切れて失われる」のを感じたが、それと同時に「至福の中に浮かんでいる」気がしたというのは母と暮らした二十四年間の生活に悔いはなかったということなのであろうか。

翌日、埋葬のために墓地に行くと、モルガナの多くの死者たちの墓に混じって、シサムの墓が、キャシーとロックの母で突然自殺をしてしまったモリソン夫人の墓が、ランドルにたぶらかされて十八歳で自殺したメイディーンの墓が、加えてヴァージーの父フェイトの墓と戦死した弟のヴィクターの墓があった。さらに、墓地と言えば、モルガナにはこれ以外に別の墓地があって、そこにはユージーンの墓もあり、彼がサンフランシスコからひとり帰郷して結核で亡くなった時には妻は葬式にも来なかったのだ。また、マクレイン家の親族の墓に混じって、エクハルト先生の墓もあった。スノウディがその遺体をジャクソンから運んで来て埋葬したのであった。

ケイティの葬儀とそこに集まってきた人たち、そして、これらの人々の墓が意味するのは、モルガナの一時代が確実に終わったということであった。彼らの中には、そして、墓に眠る人々の中にも、自分にとって「黄金のりんご」が何であるかを明確に意識していた人もあるし、そうでなかった人もいる。しかし、彼らがモルガナに何らかの縁を持ち、たとえそれが「黄金のりんご」でなくとも何かを求めてさまよう「放浪者たち」であったことは確かである。

そして、新たな始まり

しかし、まったく放浪を終えてしまった人たちばかりがいるのではなかった。キング・マクレインの息子ランドルは十年前には妻ジニーの不倫にあれほど苦しんでいたが、その後、彼女とよりを戻し、そのことやメイディーンに自殺されたことが選挙ではかえって有利になって、今ではモルガナの町長になっている。ジニーに至ってはヴァージーに盛んに結婚を勧めているのだ。そのヴァージーの同い年の友人キャシーはヴァージーの才能にはとても及ばなかったけれどもピアノの先生としてモルガナに留まり、自殺した母を偲んで自宅の庭にチューリップの花を咲かせている。その弟ロックはモルガナを出て、ニューヨークで仕事をしている。

天涯孤独になったヴァージーは、家財・家畜もろとも屋敷を処分し、モルガナを出ていくことにする。彼女は町を通り抜けながら孤独を感じるが、そのとき、昔、エクハルト先生の部屋に掛けてあったペルセウスがゴルゴンを退治する絵を思い出して一つの啓示にうたれる。それは、ペルセウスの英雄的行為も対立するもの（すなわち、退治される怪物ゴルゴン）の存在なくしてはありえない、両者の合一によって初めて可能であるというものであった。このことは生と死、愛と憎しみといった対立するものすべてに当てはまり、生は死を、愛は憎しみを経験して初めて可能なのだ。そうだとすると、ヴァージーにとって、母の死は自分の新しい出発を、エクハルト先生に対する憎しみは愛を可能にしてくれることにならないだろうか。「独りぼっち（孤独）である」ことも「繋がり（連帯）」を可能にするはずだ。ヴァージーがそんな啓示を得たと思われた瞬間、どこからともなく黒人女が現れて、「おはようごぜえます」と声をかけてきた。さらに、折から降る雨も「ミシシッピ州の野に降る十月の雨、おそらく南部全体に、ありとあらゆるところに降りそそぐ雨」であると彼女には思われてくるのであった。

（原題 "The Wanderers"）

残された疑問――〈サイクル〉

こうして、一九〇四年、ケイティ・レイニーのお喋りであった作品「黄金の雨」に始まり半世紀近くに及んだモルガナ年代記は一区切りをつけるのだが、あの時彼女はまだ知り得ないシサムの溺死についてなぜ口走ることになったのかという疑問は残されたままである。おそらく、その答は、作者ウエルティの口（それとも筆？）が思わずすべってしまったのだというごくありふれた理由になるのではないか。

ウェルティは『黄金のりんご』を一つの長編小説として構想したのでなく、一つの短篇を書き、次の短篇を書いているうちにそれらに共通した場所や人物を登場させることになった、あるいは、むしろ、共通した場所や人物を念頭に置きながら、七つの短篇を書いていったと言った方がよいのかも知れない。もちろん、これら七つの短篇をまとめて小説として読むことは可能である（一般にこのようなジャンルを「サイクル」と呼ぶようである）。いずれにしても、彼女がこれら七つの短篇を、現在『黄金のりんご』と名付けられた作品に収められている順序で書いたのではないことだけは確かである。

ウェルティはこれらの七つの短篇をすべて一九四七年から四九年の間に別個に執筆・発表したが、その順序は、最初が「世間の誰もが知っている」で、以下「六月のリサイタル」（原題「黄金のりんご」を改題）、「黄金の雨」、「スペインからの音楽」、「うさぎ殿」、「ムーン・レイク」の順で、最後が「放浪者たち」（原題「ハチドリ」（Hummingbirds）を改題）であった。したがって、問題のシサムの溺死事件については、ウェルティは「六月のリサイタル」ですでにそれを語ってしまっていたから、その後で書いた「黄金の雨」ではケイティ・レイニーがその事件について知っているものと勘違いしたのではないか。

しかしながら、ウェルティがこういう勘違いを起こしたこと自体、『黄金のりんご』という作品の成立事情や特徴を、あるいはそのジャンルの特色を図らずも表していると言えるのである。

註

（1） Eudora Welty, *The Golden Apples* (Harcourt, 1949), p. 3. 以下本書からの引用はすべて括弧内にその頁数を示す。なお、この作品の翻訳には、『黄金の林檎』として杉山直人訳（晶文社、一九九〇）とソーントン不破直子訳（こびあん書房、一九九一）の二つがあるが、随時それぞれを参考にした。

（2） Jan Nordby Gretlund, *Eudora Welty's Aesthetics of Place* (University of South Carolina Press, 1994), p. 134.

第10章 ………『イニスフォールン号の花嫁、その他』
――《場所》が物語を作る

「愛よ、おまえの出る幕はない」――場所の印象

ウェルティは、短篇集『イニスフォールン号の花嫁、その他』（*The Bride of the Innisfallen and Other Stories* 1955）[1] の巻頭の作品「愛よ、おまえの出る幕はない」における《場所》の機能について質問されて、次のように答えている。

あの物語は場所が最も重要な働きをした作品です。本当のところ、場所が物語を書いたのです。わたしはその舞台を一度しか見たことがありません――ニューオーリンズの南側で川がメキシコ湾に向かってくねくねと延びているデルタ・オヴ・ザ・ミシシッピ地方を――一度しか。しかし、そのことが

わたしを打ちのめしたのです。そのことが物語をスタートさせ、わたしに代わってそれを作り上げたのです――それがあの物語だったのです。少なくとも、場所は不可欠だったのです。時間と場所は、どんな物語であれ、それを組み立てる枠組みなのです。わたしの考えでは、作家の誠実さ（honesty）とはそこから、すなわち、時と場所という事実に忠実であることから始まります。そこからは、想像力が作家をどこにでも連れて行くことができるのです。

場所から受けた《印象》に対しても忠実であるということがあります。ちらっとしか見ていない新しい場所でも、自分の育った場所と、すなわち、骨の髄まで知り尽くしていて考えなくともどんなだか知っている場所とほとんど同じくらい強力なインパクトを与えることがあります。わたしは場所についてはそのどちらかの経験がある場合にだけ書いてきたのであって、部分的に知っているとか推察によって書いたことはありません。そんなことをすれば、堅固な中味（solidity）といったものが欠けますから。(2)

そのニューオーリンズで二人の男女が出会う。作品は「二人は互いに見知らぬ同士であったし、ともにその場所にもおそらく初めての様子らしいが、昼食時、隣同士の席になった……時は夏の日曜日、ニューオーリンズでは――時間が消えた（Time Out 休憩時という意味もある）ように思われる午後のひとときであった」(三)という書き出しで始まる。その後、「彼は彼女の無愛想で色白の小さな顔を見た瞬間、ここに情事を抱えている女がいると思った。それは、インパクトがきわめて強く直ちに何らかの考察がなされなければならないような、そんな奇妙な出会いの一つであった」という文章が続く。二人の名前は物語最後まで明かされない。ニューヨーク州シラキュース出身の男は出張中のビジネスマン。結婚して長い。女はオハイオ州トリードの出身で、人妻らしいが、故郷で情事を起こして居づらくなりニューオーリンズに逃げてきたと思われる。

男はレンタカーを借りて女をドライヴに誘う。行き先はニューオーリンズの南。このドライヴで、車から見える景色はきわめて写実的に描かれている。しかし、途中、次のような文章がくる。


彼女は誰か他に自分たちといっしょに乗ってくれる者があればいいのにと思ったのだろうか？ 彼は彼女には愛人が存在するに違いないと信じるのだが、彼女はもし夫がいれば（とはその妻の言葉である）、愛人よりも夫の方がいいと思ったのではないかと彼は考えた。人々がどう考えたがろうとも、多くの（場面でなければ）状況はたいていの場合三者の間で起こりうるものである――常に第三者がいるものである。二人連れを理解しない――できない者は恐るべき第三者を創造するのだ。（一二）

実を言うと、ここでの「人々がどう考えたがろうとも……」以下の文章 Whatever people liked to think, situations (if not scenes) were usually three-ways — there was somebody else always. The one who didn't — couldn't — understand the two made the formidable third. の意味がよく判らない。

幸いウェルティはこの短篇を自分で分析したエッセイを発表している。それによると「（この作品の）登場人物はたった二人だが、ドライヴをするにつれていわば第三の人物――すなわちその二人の間の関係を表すもの（the presence of a relation）――が存在するようになった。それは見知らぬ者同士として出会った二人の間で大きくなり、二人といっしょにドライヴに出かけ、それぞれ二人にうなずき――二人に耳を傾け、二人を見つめ、説得あるいは否定し、拡大あるいは縮小し、時には二人が誰であるかを、また二人がここで――自分の領域で――何をしているのかを忘れてしまい、そして、二人を助けるか、あるいは裏切るかをしている者なのだ[3]」という。おそらく、右の「人々がどう考えたがろうとも……」の意味のよく判らない文章は、ウェルティがここで言っている「第三の人物」の存在のことについて述べているものと思われる。そうすると、これはウェルティが作品の中に自らの創作の秘密（技法）を思わず述べてしまったと解釈できそうな文章なのである。しかし、それでもなおこの第三の人物――すなわち、「二人の関係を表すもの」という概念はなかなか理解しがたい。それは「語り手」（narrator）でもないということだ[4]。それは二人のドライヴに乗り合わせもするといった具体的なものでもあり、それでいて「関係を表すもの」といった非常に抽象的なものでもあるのだ。

　こうして、二人ははるか「《南部》の南部」へのドライヴを終えて再びニューオーリンズの都市に戻ってくる。

事は――語られてしまった後になって初めて、何はともあれ信じられない（incredible）話となったの

図10−1●ニューオーリンズの夜のスカイライン

だが——それが出ていった世界に戻ってきたのであった。それぞれ違った理由により（二人から何かが引き出されることがない限りは）どちらもこれについて話すことはないだろうと彼は思った。すなわち、見知らぬ者同士の二人はいっしょに見知らぬ土地へドライヴをしたが、無事戻ってきたことを——おそらく危ういところであったが、無事であるには違いなく戻ってきたことを、である。今、土手壁の上空では川向こうのニューオーリンズの空が北極光のように静かに明滅していた。二人はあらゆるものを見下ろす高い橋を渡って、今度は、都市に向かう車の長い光の流れに合流していった。（二五―六）

ドライヴの途中、「彼は腕を肩に掛け彼女にキスをした」（二四）が、「危ういところで」（a slight margin）それ以上には進展せず、二人は無事(?)戻ったことになる。「愛よ、おまえの出る幕はない」。二人にはそんなアヴァンチュール(?)であった。

(原題 "No Place for You, My Love")

「焼き討ち」——南北戦争中のジャクソン

ジャクソン近郊、ミス・シオとミス・マイラの姉妹と奴隷女ディライラの住む屋敷に二人の北軍兵が侵入してくる。時は南北戦争中、シャーマン将軍(一八二〇—九一)の作戦によりジャクソンの町とその近郊の建物はすべて焼き討ちをかけられることになった。侵入した北軍兵はミス・マイラを凌辱し、屋敷に火を放って赤ん坊のフィニー(この赤ん坊は姉妹の弟ベントンがディライラに生ませたらしい)を焼死させる。それを見届けた姉妹は近くの庭の木で縊死する。ディライラはシャーマン侵攻前の美しかったジャクソンを夢想しながら屋敷に戻り、焼け跡からフィニーの骨を拾い、次に姉妹の遺品を集めると町の境界を流れるビッグ・ブラック川に向かって歩み続けた。

出来事はおどろおどろしい。しかも、これらの出来事は屋敷にある大きな鏡に像として映り、それをディライラが見ているといった間接的な方法で語られている。ディライラにはその映像の意味が必ずしも理解されているわけでない。そのことが、事態をいっそう残酷に感じさせる。

ウェルティ自身はこの作品が好きでないと言っているが、その理由は「(この短篇の)欠点はフォークナーを非難する時と同じで、物語はさまざまなことがらを扱うあまり複雑怪奇で、まるで渦巻図形

図10-2●南北戦争中のジャクソン

のようになってしまっている」[5]からだという。

（原題 "The Burning"）

「イニスフォールン号の花嫁」——アイルランドへの旅

ロンドンのパディントン駅からフィッシュガード（英国ウェールズの西の港町）行きの列車が出発する。この列車はウェールズを抜けてフィッシュガードに到着するとアイルランドのコーク行きの汽船「イニスフォールン号」と連絡している。その列車のコンパートメントに乗り合わせた乗客たちはほとんどがアイルランド人である（途中、何人かのウェールズ人も乗り降りする）。その中でひとり若いアメリカ人女性がいる。「彼女の苦境は（出発前の列車に）早くから乗り込んでいることで判るように思われた。彼女は夫に知らせずにロンドンを発とうとしていた」(四八)のである。

列車が出発するとコンパートメントの乗客たちは、カトリックの国アイルランドでは司祭に懺悔を聴いてもらうのに金を払うのかといった楽しいお喋りを始める。列車は途中、臨時停車をしたので連絡船に遅れはすまいかという心配もあったが、無事フィッシュガードに到着して、人々は予定通りの船でコークへ渡ることができた。

アメリカ人女性は「イニスフォールン号」に花嫁が乗船しているのを多くの船客とともに目撃したが、その花嫁と同じく彼女もちっとも孤独になれなかったという。夫に「ロンドンは間違っていた」と電報を打とうとした彼女がアイルランドにやって来たわけは「真の歓び」(pure joy)を求めてであった。が、夫に言わせれば、「君はあまりにも多くのものを求めすぎる」ということでもあった。しかし、彼女にとっては「真の歓び」はどうやら孤独の中にしかなさそうに思われたのだ。そこで、「まだ戻らない」という電文に換えようとしたが、それもどうでもよく、まるで「異教徒のごとく」彼女は「居酒屋(パブ)のドアを開けると、見知らぬ人ばかりでいっぱいの快い部屋に入っていった」(八三)という。

図10–3●イニスフォールン号、1947年

ウェルティは、一九五一年、フェリーでアイルランドに渡り、コークにあるエリザベス・ボウエン（一八九九―一九七三、アイルランド生まれの英国の女流作家）邸を訪問した。ボウエンは先にウェルティの作品『黄金のりんご』を賞賛する書評をし、彼女を招待していたのであった。ウェルティはこの『イニスフォールン号の花嫁、その他』ではボウエンに対する献辞を記している。

（原題 "The Bride of the Innisfallen"）

「春の婦人たち」――ミシシッピ地方の雨乞い

ところはミシシッピ州ロイアルズ（架空）の町。登校中のデューイはスクールバスの窓から、釣りに出かける父ブラッキーの姿を見て、自分も学校をサボっていっしょに行くことにする。時は春。日照り続きで川はほとんど干上がっていて釣れそうにない。途中、デューイは二人の婦人の姿を目撃する。彼女たちはこの時節に登場（活躍）するいわば「春の婦人たち」なのである。まず、ミス・ハッティー・パーセル。彼女は雨乞いの専門家で、今ここでそれをやっている最中。次にもう一人の婦人。彼女は「ブラッキー」と父の名を呼ぶと木々の間に姿を隠した。父もなぜかそれに対して返事をしなかった。その後、この婦人は少なくとも二度は姿を現すが、「彼女が待ち望んでいる人は、彼女がその人の側に行くことがないのと同じく、自分も決して橋を渡って彼女の側に行くまい、とデューイの父は覚悟を決めた」（八九―九〇）という。つまり、デューイの父は釣りではなくて彼女との逢い引きに来たのだが、息子の手前それがままならぬことを悟ったらしいのである。

そのうちミス・ハッティーの雨乞いが功を奏して雨が降り始める。そこへまた先の婦人が姿を見せるが、それはミス・ハッティーの姪ミス・オーパルであることが判る。「森で見かけたのもオーパルであったに違いない、と十五年後になって初めてデューイには思い当たるのであった」（九九）。

四人はミス・ハッティーのこうもり傘に入って町に引き揚げるが、町は雨のおかげで色鮮やかに生き返ったようである。ミス・ハッティーは、雨乞いの成功に対して人々が寄せる祝福に得意満面である。

釣果のゴーグル・アイ（ミシシッピ川上流産のスズキに似た淡水魚）一匹を携えてデューイがようやく帰宅すると、母は彼と先に帰宅していた父に向かって「二人とも消え失せろ」と叫ぶ。なぜ母が激怒したのかデューイには判らない。母は父の逢い引きを知っていたのだ、とそれから十五年経ってやっとデューイは察することができたようである。

それから数日後、降り続いた雨は干上がっていた川に流れをもたらし、木や花に春の装いをさせていた。雨、そして、逢い引き、ともに春を告げるものであった。


（原題 "Ladies in Spring"）

「キルケー」──イタリアの旅

キルケーとはホメーロスの『オデュッセイア』に出てくる魔女で、魔術を使ってオデュッセウスの部下を豚に変えたという。彼女は太陽神ヘーリオスの娘であるからもちろん不死である。この短篇はキルケーが語る物語となっていて、彼女は男たちを豚に変えながら、神ならぬ彼らの死すべき運命の不思議に心打たれる。

ウェルティはこの作品について次のように述べている。「あれはわたしの初めてのヨーロッパ旅行（一九四九）のことです。わたしたちはキルケーが住んでいた場所と考えられているシチリアやその他の島々の間を航海していました。そして、わたしは思ったのです。『永遠に生きることを運命づけられているとはどんな感じのするものなのだろうか？』と。愛する者が次々と死んで行くのを見なければならないとは、死ぬべき運命について何の感動もなければ、一瞬一瞬の貴重さを知ることもできないとは？　そんなことを彼女（キルケー）は感じたに違いないのです(6)」。

（原題“Circe”）

「親族」──懐郷の南部ミンゴ

この物語の語り手ダイシーは結婚間近な年頃であるが、九歳の時ミシシッピを離れてからはまれに訪問することはあってもほとんど南部とは無縁であった（つまり、北部にいた）。しかし、一昨日久しぶりにいとこのケイトが住むこのミシシッピ州の町にやってきた。「（州都の）ジャクソンから不便な汽車で数時間かかるこの小さな郡庁所在地の町では、刈ったばかりの庭の芝生でさえも北部の芝生とは違った香りがした」（二一四）。そこへミンゴからの手紙が届いた。「（ミンゴという）その名前はわたしの耳にはどこかの場所というよりも何かモノのように響いた」という。ミンゴはこの町からさらに九マイルあまり行った田舎で、フェリクス大叔父さんが住んでいた。ダイシーには幼い頃、両親や兄弟、その他の親族（kin）が集まっていっしょに食事をしたことのある懐かしい場所であった。手紙は看護をしているアン小母さんが今では老齢で寝たきりに近いフェリクス大叔父さんの近況を知らせてきたのであった。

ケイトの母の願いもあって、ケイトとダイシーはミンゴのフェリクス大叔父さんを見舞いに出かけることになる。二人が屋敷に到着すると、「フェリクス大叔父さんの家族は今ではすべて教会墓地に眠っているか、さもなければニューヨークに出ている」（二二〇）はずにもかかわらず、ポーチは人盛りである。旅回りの写真屋が屋敷を借りて村人の肖像写真を撮っていたのだ。フェリクス大叔父さんの部屋もその人たちで占領されていた。ダイシーは写真屋の使用する肖像写真用の背景幕の背後に隠されてしまった一枚の肖像画に気がついた。それはかつてミンゴの屋敷を訪れたやはり旅回りの肖像画家が巧みに曾祖母ジェロルドの自尊心をくすぐって描いたものに違いない肖像画で、長い間ずっとそこに掛けられていたものだ。ダイシーはその肖像画のことをまるで「一家の秘密」を知ったかのように思い出したという。そして、その肖像画の人物もその背景もちょうど今撮影中の肖像写真のようにうわべを繕ったものにすぎず真実を伝えるものではないことを知ったのだ。真実は「彼女（曾祖母ジェロルド）は熊の肉を食ったり、インディアンに遭遇したことがあり、ミンゴでは荒野に嫁いできたのであった。その時の感情はいかばかりのものであったことか。奴隷たちは彼女の腕に抱かれて死んでいったのだ。……彼女の分身であるわたしには、婦人たちの視野の陰に隠れている荒野の世界を痛感したのはいったい誰だったかが判るのだ。同じ場所でありながらどこかに行ってしまった場所（somewhere that was the same place）に対してわたしたちは懐かしい気持ちでいっぱいだった」（一四八）。ところが、その場所についてのたった一人の生き証人とも言うべきフェリクス大叔父さんも今では呆けてしまい、謎めいた言葉を書き付けるのみである。その言葉は若き日の艶ごとを思い出してのことかもしれない。

夜になり、帰りの車の中から教会と墓地を目にしつつミンゴを去っていくダイシーの心は、手紙を書いてくれたかしらと自分の（北部の）婚約者のことで占められている。彼女がミンゴを訪れることは二度となさそうだ。

（原題“Kin”）

「ナポリ行き」——"See Naples and die !"

「パモナ号」はニューヨークを出航してパレルモ（シチリア島北西岸の港市）とナポリに向かった。乗客には巡礼者や里帰りをする年輩者に混じって六組の母娘たちがいた。セルト夫人とその娘ガブリエラもその一組で、ガブリエラは十八歳、何かにつけて金切り声をあげて騒ぎ、「靴下に穴があいて、梨のように肉が見えて」いても構うことのない娘であった。彼女は「(故郷のニューヨーク州)バッファロで十分幸せだったのになぜナポリに連れて行かれねばならないの？」と愚痴るが、母は「聖年(l'Anno Santo カトリックで二十五年ごとの祝い)だから」と答えるのみである。

二週間の航海中、彼女はローマにチェロの勉強に行く途中だという若者アルドと初めての恋愛を経験する。しかし、母親の励ましにもかかわらず、その恋愛は実らなかった。やがて、船がナポリに到着すると彼女とアルドは別れ、母娘は迎えに来ていた老祖母ノンナの後に随いていく。

ノエル・ポーク教授はこの「ナポリ行き」という作品を人生を旅に喩えた寓話である(allegory of life as journey)と解釈している。その航海は新世界から旧世界への、子供時代から性的遊戯を経験し、独立、成熟の時代を経て老齢と死の時代へと向かうそれであるというのだ。例えば、「パモナ号」がニューヨーク港を出るとき、ガブリエラは自由の女神に別れの挨拶をするが、これは子供時代の自由に別れを告げることであり、ナポリ港に到着すると、今度は祖母ノンナの出迎えを受けるが、黒装束の祖母は「死」を意味しているという。「ガブリエラは彼女の一歩後ろを随いていった」というのはナポリが人生の目的地（死）であることを表す。というのも、いみじくもアルドが別の乗客に叫んでいたように、「ナポリを見て、それから、死ね」（See Naples and die）だからだとポーク教授は言う。(7)

この極めてつかみ所のない作品に右のようなアレゴリー的解釈を施した教授の手並みは鮮やかである。とりわけ、See Naples and die ということわざをあえて文字通りの意味に取り、ナポリを人生の到着点（場所）だとする解釈は作品のタイトルと符合していて見事と言うより他ない。

もっとも、ガブリエラがポーク教授が言うほどに、子供っぽさから成熟した女性に、ましてや死を観照するほどまでに精神的に成長したかという点になると些か疑問が残る。アルドとの恋愛も本気というより戯れにすぎないように感じられることがある。ただし、それは恋愛を単なる遊びに、あるいは逆に遊びを恋愛に見せるウェルティ特有の韜晦的表現のせいかも知れない。

いずれにせよ、そんなふうに考えると、ポーク教授の寓話的解釈がいかに鮮やかに見えても、それはやはり一つの興味ある解釈にすぎないように思われてくる。

ただひとつ確かに言えるのは、この作品も一九四九年のウェルティのイタリア行きがなければ決して生まれなかっただろうということである。

（原題 "Going to Naples"）

註

（1） Eudora Welty, *The Bride of the Innisfallen and Other Stories* (Harcourt Brace, 1955). 以下本書からの引用はすべて括弧内にその頁数を示す。

（2） Peggy Whitman Prenshaw ed., *Conversations with Eudora Welty* (University Press of Mississippi, 1984), pp. 87–8.

（3） Eudora Welty, "Writing and Analyzing a Story," *The Eye of the Story, Selected Essays and Reviews* (Random House, 1978), pp. 111–2.

（4） Peggy Whitman Prenshaw, ed., *Conversations with Eudora Welty*, p. 243.

（5） Jan Nordby Gretlund, *Eudora Welty's Aesthetics of Place* (University of South Carolina Press, 1994), p. 246.

（6） Peggy Whitman Prenshaw ed., *More Conversations with Eudora Welty* (University Press of Mississippi, 1996), p. 113.

（7） Noel Polk, "Going to Naples and Other Places in Eudora Welty's Fiction," Dawn Trouard ed., *Eudora Welty, Eye of the Storyteller* (The Kent State University Press, 1989), pp. 160–1.

あとがき――結論にかえて

かつて『デルタの結婚式』を翻訳した丸谷才一氏は作品解説の中で、ユードラ・ウェルティを風俗小説の作家であるとして、次のように述べた。

彼女の生家の生活様式があまり南部的なものではなかったろうと推測し、それゆえにこそ彼女は周囲の家族の南部的な生活様式に非常に関心をいだいたにちがいない、と考える。

風俗の作家としてのウエルティという面は、これまで指摘されたことが少ないようだ。しかし、もちろん彼女の最も得意とするのは詩情と幻想ではあるけれども、その二つの花を小説的（ロマネスク）という花瓶に生けておくための、いわば剣山のような仕掛けとして、やはり風俗を見のがしてはならないだろう。

（『世界の文学　ベロー、ウェルティ』中央公論社、一九六七年、五八五頁）

初めてこれを読んだとき、我が意を得たりとすっかりうれしくなった。ウェルティ文学に対するわたしの関心もそこにあったからである。ウェルティの生家がミシシッピ州ジャクソンという南部の真ん中にありながら、北部（オハイオ州）出身で保険会社の役員の父と南部（ウェストヴァージニア州）出身で教員の母を両親にしたその生活様式が「あまり南部的なものではなかったろう」という丸谷氏の推測が間違いでなかったのは、その後出版された自伝『ある作家の始まり』（一九八一）でウェルティ自身が述べている通りである。ゆえに彼女が「南部的な生活様式に非常に関心をいだいた」と考えることもごく自然なことで、それは、彼女自身の言葉によれば、「愛しい生まれ故郷に対する目覚め」（an awakening to a dear native land）であったのだ。

ウェルティ作品の特徴が「詩情と幻想」であるとしても、彼女がそれを小説という散文的なジャンルで表現しようとするとき、風俗をそのテーマ（題材）にしたというのが、ここで丸谷氏が生け花の剣山という卓抜な比喩によって言おうとしたことであろう。

わたしはウェルティからアメリカ南部の多くの風俗を学んだ。かつて《オールド・ナチェズ道》を跋扈した盗賊たちの生活ぶり（『強盗のおむこさん』）、南部大農園（プランテーション）の女たちが男を牛耳って土地を守る方法（『デルタの結婚式』）、頭の弱い当主を結婚させるために南部地主階級の老嬢が腐心する策略（『ポンダー家の心』）、南部貧農が一族再会した時に興ずるお喋り（『負け戦』）、愛する者を亡くした南部中産階級の女のセンチメント（『楽天家の娘』）、などである。ウェルティはこれらの題材をファンタジー、モノローグやダイアログの小説、年代記、そして、もちろん短篇というジャンルで表現した。

このような作品を前にして、ただただめくるめく思いをするだけであるが、それでもとりあえずはそれぞれの作品に登場する人物を分析・分類し、年代を整理することにした。それは絶対にそのようなことをしないで優れて有機的な形でそれらを表現しようとしたウェルティの意図に反するものであることを十分承知しているが、それでも彼女の文学の魅力を伝えるための基礎的な作業としては不可欠であると考えた。短篇集についても、概説めいたものを行う代わりにそれぞれの短篇をわたしはどう読んだかそのエッセンスをカタログのように記した。したがって、わたしが本書でなしたことはウェルティ文学の愉しみのデッサンを描くことであったと言えよう。願わくば、読者諸氏がこのデッサンをもとに見事な作品論を書き上げて下さればと思う。

日本におけるウェルティ文学の紹介には、著書目録に挙げた翻訳に加えて、ソーントン不破直子著『ユードラ・ウェルティの世界――饒舌と沈黙の神話』（一九八八）、河内山康子著『ユードラ・ウェルティ――作品と人柄の魅力』（二〇〇四）などがある。ソーントン不破直子氏は翻訳を含めて本格的にウェルティを研究されていて、氏の著書は副題にあるようにウェルティ作品にギリシャ・ローマ神話、ケルト神話、聖書、『神曲』を見、同時にウェルティ自身も神話創造に与っていることを論じたものであった。わたしは氏の優れた著書から、例えば、『楽天家の娘』におけるメドゥーサとペルセウスの象徴といったことを教わった。

しかしながら、作品の中の神話を指摘されるとわたしは大変勉強した気持ちにはなるものの、それは観念的で何となく宙に浮いた感じで終わってしまうのだ。西洋の神話が本当のところは身についていないせいであろう。ところが、ウェルティの作品に風俗を見ようとすると、どういうわけか俄然真に迫ってきて面白いのである。どうやら、自分は卑俗な人間で、神様の話よりも共同体の人々の生の営みや噂話に興味があるためだろう。これは人間の品の問題で悔しくともどうすることもできないことなのだ（もちろん神話にもずいぶん人間くさい神が登場することもあるが、それはまた別の話である）。

ウェルティは《場所》と文学との関係を強調してやまない。「場所が物語を作る」という言い方をすることもある。このことは彼女の文学が場所への、すなわち、南部の風俗への関心と切っても切り離せないことを言っているのである。わたしは、昔、フォークナーの故郷であるミシシッピ州オックスフォードを訪れたことはある。しかし、ウェルティの作品を読んでいて、たまらなくナチェズと《オールド・ナチェズ道》を実際この眼で見たくなった。《物語の宝庫》とウェルティがいう場所である。幸い、一九九九年夏休みの終わりに、ミシシッピ州に飛んでそこで一週間ほどドライヴをする機会を得た。ミシシッピ川に接するナチェズとそこから北東に延びる《オールド・ナチェズ道》、廃墟に等しいロドニー、「黄色い犬」という列車の発着駅だったヤズー・シティ、そして、もちろん、生家のあるジャクソンなど、ウェルティの作品にゆかりのある地を訪れてすっかり興奮してしまった。開放されている大農園（プランテーション）の館（マンション）に泊まり、翌日はドライヴの沿道に一面雪が降ったように白い棉畑を見ながら、そこで行われている、あるいは行われてきた人々の生活様式に想像を巡らせたのである。

本書は前著『ロバート・ペン・ウォレン――アメリカ南部小説の愉しみ②』の続編でもある。ウォレンは早くからウェルティの才能を認めていて、自分の編集する雑誌『サザン・レヴュー』に彼女のいくつかの短篇を掲載した。さらに、本書でも紹介したように、処女短篇集『緑のカーテン』についての論文を書き、また、クレアンス・ブルックスとの共著『小説理解』（*Understanding Fiction* 初版一九四三）には短篇二編「一つの新聞記事」と「老マーブルホール氏」を収めている。同じ南部でもケンタッキー州生まれとミシシッピ州生まれの相違、そして、何よりも男女の差は二人の文学の類似と異同を考えさせる。

余談になるが、パソコンのEメールのソフトでEudoraの名は人口に膾炙している。これはわがユードラ・ウェルティにちなんで名付けられたものである。ソフトの開発者スティーヴ・ドーナー氏はこのプログラムを作るためにメールの送信・受信の作業に没頭してしまってまるで郵便局で寝起きしている気持ちになった。その時頭に浮かんだのが、かつて読んだことのあるウェルティの短篇「わたしが郵便局に住んでいるわけ」だったという。

今回も多くの方の激励や援助を得た。とりわけ、京都大学学術出版会編集室の佐伯かおるさんにはお世話になった。厚くお礼申し上げる。

平成十九年六月

中　村　紘　一

ユードラ・ウェルティ略年譜（「ライブラリー・オヴ・アメリカ」、その他に拠る）

一九〇九年（0歳）父クリスチャン・ウェブ・ウェルティ（ジャクソン所在のラマー生命保険会社役員）、母チェスティナ・アンドルーズ・ウェルティの長女として四月十三日ミシシッピ州ジャクソンに生まれる。

一九一五年（6歳）ジェファソン・デイヴィス小学校入学。

一九二一年（12歳）セントラル・ハイ・スクール（ジャクソン）入学。

一九二五年（16歳）ミシシッピ州立女子大学（ミシシッピ州コロンバス）入学。

一九二七年（18歳）ウィスコンシン大学（マディソン）に転校。同卒業（一九二九年）。

一九三〇年（21歳）コロンビア大学ビジネススクール（ニューヨーク）入学。

一九三一年（22歳）ビジネススクール修了。帰郷。父白血病で死亡。不況のため定職がなく、地方放送局や新聞社の臨時雇いになる。

一九三三年（24歳）ミシシッピ州公共事業促進局（WPA）に就職。広報のために州内を回り、写真を撮り、記事を書く（一九三六年まで）。

一九三六年（27歳）ニューヨークで写真展開催。「巡回セールスマンの死」（『マニュスクリプト』誌）を発表。

一九三七年（28歳）「一つの新聞記事」、「思い出」（『サザン・レヴュー』誌）を発表。

一九四〇年（31歳）ディアマド・ラッセルを著作権代理人にする。

一九四一年（32歳）『緑のカーテン』を出版。

一九四二年（33歳）『強盗のおむこさん』を出版。「広い網」、O・ヘンリー賞（一等）を受賞。グッゲンハイム助成金受領。

一九四三年（34歳）『広い網、その他』を出版。「リヴィー」、O・ヘンリー賞（一等）を受賞。

一九四四年（35歳）米国芸術協会賞を受賞。『ニューヨークタイムズ』書評委員。

一九四六年（37歳）『デルタの結婚式』を出版。サンフランシスコに四カ月滞在。

一九四九年（40歳）『黄金のりんご』を出版。グッゲンハイム助成金を得てヨーロッパに旅行。

一九五一年（42歳）英国旅行。アイルランドにエリザベス・ボウエンを訪問。

一九五二年（43歳）国立芸術協会会員に選出される。

一九五四年（45歳）『ポンダー家の心』、『短篇選集』（モダンライブラリー版）を出版。

一九五五年（46歳）『イニスフォールン号の花嫁、その他』を出版。母、眼の手術を受ける。ウィリアム・ディーン・ハウエルズ・メダル受賞。

一九五六年（47歳）『ポンダー家の心』が脚色されブロードウェイで上演（一四九回の公演に及ぶ）。

一九五九年（50歳）弟ウォルター死亡。

一九六四年（55歳）児童文学『靴鳥』を出版。

一九六六年（57歳）母に続き、弟エドワード死亡。「デモをする人たち」、O・ヘンリー賞（一等）を受賞。

一九七〇年（61歳）『負け戦』を出版。エドワード・マクダウェル・メダル受賞。

一九七一年（62歳）写真集『ある時、ある場所で――不況時代のミシシッピ州』を出版。

一九七二年（63歳）『楽天家の娘』を出版、一九七三年ピューリツァー賞を受賞。国立芸術協会（小説部門）金賞受賞。国立芸術評議会会員。

一九七三年（64歳）著作権代理人ディアマド・ラッセル死亡。

一九七八年（69歳）評論選集『物語の眼』を出版。

一九八〇年（71歳）『ユードラ・ウェルティ短篇全集』を出版、全米図書賞受賞。自由勲章をカーター大統領より受賞。

一九八一年（72歳）自伝『ある作家の始まり』を出版、全米図書批評家賞受賞。

一九八七年（78歳）（フランス）シュヴァリエ勲爵士。

一九九六年（87歳）（フランス）レジオンドヌール勲位。

二〇〇一年（92歳）七月二十三日、ミシシッピ州ジャクソンの病院にて、肺炎で死去。


（その他いくつかの受賞歴を省略した）

図11−1●ユードラ・ウェルティの墓（ミシシッピ州ジャクソンのグリーンウッド墓地）

主要著作目録

（邦訳については一部 American Literature on the Web に負った）

A Curtain of Green（New York : Doubleday, 1941）（仮題『緑のカーテン』／邦訳「緑のカーテン」荻野目博道訳、南雲堂、1964。「緑色のカーテン」田辺五十鈴訳、荒地出版社、1958、［現代アメリカ文学全集］）。

The Robber Bridegroom（New York : Doubleday, 1942）（仮題『強盗のおむこさん』／邦訳『大泥棒と結婚すれば』青山南訳、晶文社、1979）。

The Wide Net and Other Stories（New York : Harcourt, 1943）（仮題『広い網、その他』／邦訳「紫色の帽子」大原龍子訳、荒地出版社、1958、［現代アメリカ文学全集］）。

Delta Wedding（New York : Harcourt, 1946）（邦訳『デルタの結婚式』川上芳信訳、岡倉書房、1950。『デルタの結婚式』丸谷才一訳、中央公論社、1967）。

The Golden Apples（New York : Harcourt, 1949）（仮題『黄金のりんご』／邦訳『黄金の林檎』杉山直人訳、晶文社、1990。『黄金の林檎』ソーントン不破直子訳、こびあん書房、1991）。

The Ponder Heart（New York : Harcourt, 1954）（仮題『ポンダー家の心』／邦訳『ポンダー家殺人事件――言葉で人を殺せるか？』ソーントン不破直子訳、リーベル出版、1994）。

The Bride of the Innisfallen and Other Stories（New York : Harcourt, 1955）（仮題『イニスフォールン号の花嫁、その他』／邦訳なし）。

The Shoe Bird（New York : Harcourt, 1964）（児童用作品。仮題『鳥の靴屋』／邦訳なし）。

Losing Battles（New York : Harcourt, 1970）（仮題『負け戦』／邦訳『大いなる大地』深町眞理子訳、角川書店、1973）。

One Time, One Place : Mississippi In the Depression ; A Snapshot Album（New York : Random House, 1971）（写真集。仮題『ある時、ある場所で』／邦訳なし）。

The Optimist's Daughter（New York : Harcourt, 1972）（仮題『楽天家の娘』／邦訳『マッケルヴァ家の娘』須山静夫訳、新潮社、1974）。

The Eye of the Story : Selected Essays and Reviews（New York, Random House : 1978）（評論選集。仮題『物語の眼』／邦訳なし）。

The Collected Stories of Eudora Welty（New York : Harcourt, 1984）（仮題『ユードラ・ウェルティ短篇集』／邦訳なし）。

One Writer's Beginnings（Cambridge : Harvard University Press, 1984）（自伝。仮題『ある作家の始まり』／邦訳『ハーヴァード講演――作家の生いたち』大杉博昭訳、りん書房、1993）。

（他に Isuzu Tanabe ed. *The Complete Works of Eudora Welty* 復刻版（1988）全9巻、臨川書店発行がある）。

図 10-2　南北戦争中のジャクソン（Sketched by A. E. Mathews）
http://en.wikipedia.org/wiki/Image:Battle_of_Jackson_%28MS%29.jpg
図 10-3　イニスフォールン号、1947 年
www.simplonpc.co.uk
図 11-1　ユードラ・ウェルティの墓（ミシシッピ州ジャクソンのグリーンウッド墓地。Photo by Joe C. Furr）
http://en.wikipedia.org/wiki/Image:Eudorawelty.jpg

Eudora Welty, *Losing Battles* (Random House, 1970).

図5－2　『負け戦』の登場人物と時間と場所

Eudora Welty, *Losing Battles* (Random House, 1970).

図5－3　ブーン郡バナーの地図

Eudora Welty, *Losing Battles* (Random House, 1970).

図6－1　ニューオーリンズのマルディ・グラ

http://ja.wikipedia.org/wiki/%E7%94%BB%E5%83%8F:Magazine.jpg#file

図6－2　ポンチャトレーン湖（中村撮影）

図6－3　ミシシッピ川とオハイオ川の合流点

http://schools-wikipedia.org/images/90/9062.jpg.htm#filelinks

図7－1　シャルル・ド・ラ・フォス《ひまわりに変身するクリュティエ（クライティ）》1688年

Charles de La Fosse, Clytie Changed into a Sunflower (Clytie changée en tournesol), 1688, Musée national des châteaux de Versailles et de Trianon, Versailles.

図7－2　1936年、最初の短篇「巡回セールスマンの死」を発表した頃のユードラ・ウェルティ

Eudora Welty, *One Writer's Beginnings* (Harvard University Press, 1984)

図7－3　ファッツ・ウォラー、1938年（Photo by Alan Fisher. New York World-Telegram and the Sun Newspaper Photograph Collection (Library of Congress)).

図8－1　《オールド・ナチェズ道》

http://www.llbean.com/parksearch/parks/pic_html/a0004294.html

図8－2　アーロン・バー、1809年（Painting by John Vanderlyn）

http://en.wikipedia.org/wiki/Image:AaronBurr-flipped.jpg#file

図8－3　ジョン・ジェイムズ・オーデュボン

http://en.wikipedia.org/wiki/John_James_Audubon

図8－4　ロレンゾウ・ダウ、1820年頃（David G, Sansing, Sim C. Callon and Carolyn Vance Smith, *Natchez, An Illustrated History,* Plantation Publishing Company, 1992）

図8－5　パール川

http://en.wikipedia.org/wiki/Pearl_River_%28Mississippi-Louisiana%29

図8－6　ウィンザー廃墟（中村撮影）

図8－7　ミシシッピ川の洪水痕跡標（Flood mark）（中村撮影）

図9－1　ビッグ・ブラック橋。ビッグ・ブラック川はミシシッピ州中央部から南西の方向に流れ、ヴィクスバーグ市の南でミシシッピ川に合流する。

http://www.nps.gov/archive/vick/camptrail/sites/Mississippi-sites/BgBlkBrdgMS.htm

図9－2　夕暮れのヴィクスバーグ市（中村撮影）

図9－3　リー・トマス著『ビリー・サンデー物語』（Lee Thomas, *The Billy Sunday Story*, Sword of the Lord, 1961）表紙

http://BillySunday.org/The-Billy-Sunday-Story.html

図10－1　ニューオーリンズの夜のスカイライン

http://en.wikipedia.org/wiki/Image:NewOrleansSkylineTulane.JPG

図版出典一覧

図0－1　ユードラ・ウェルティ、『緑のカーテン』を処女出版した時、自宅の庭で、1941年、32歳
Eudora Welty, *One Writer's Beginnings* (Harvard University Press, 1984).
図0－2　ユードラ・ウェルティ作品関連地図
図0－3　南部と北部の境界線
図0－4　オハイオ州リプリーから見たオハイオ川（by Rick Dikeman）
http://en.wikipedia.org/wiki/Image:Ohio_river_ripley_ohio_2005.jpg
図0－5　映画『風と共に去りぬ』のDVD
図0－6　現在のミシシッピ州棉花畑（中村撮影）
図1－1　自伝『ある作家の始まり』(*One Writer's Beginnings*, Harvard University Press, 1984) 表紙
図1－2　ユードラ・ウェルティの生家（中村撮影）
図1－3　階段から降りてくるウェルティの母、ジャクソン市ノースコングレス通741（ウェルティの父が撮影）
Eudora Welty, *One Writer's Beginnings* (Harvard University Press, 1984).
図1－4　ケンタッキー川(?)をフェリーで渡る。オークランド・カーに乗ってウェストヴァージニア州とオハイオ州への家族ドライヴ旅行
Eudora Welty, *One Writer's Beginnings* (Harvard University Press, 1984).
図1－5　ボトルツリー。悪霊が家に侵入するのを防ぐために、サルスベリの枝の先にガラス瓶をかぶせたもの
Eudora Welty, *One Time, One Place : Mississippi In the Depression ; A Snapshot Album* (Random House, 1971).
図2－1　ゴーストタウンになったロドニー
Eudora Welty, *One Time, One Place : Mississippi In the Depression ; A Snapshot Album* (Random House, 1971).
図2－2　*Mike Fink* 表紙
図2－3　《ナチェズ道》に関する代表的書物の表紙
Jonathan Daniels, *The Devil's Backbone : The Story of the Natchez Trace* (Pelican Pouch Series, 1962, 1990).
図3－1　現在のヤズー・シティ駅（中村撮影）
図3－2　復元された1850年代デルタ地方の棉大農園邸宅（Copyright : Mississippi State Parks Floorwood River Plantation）
http://www.wildernet.com/pages/area.cfm?areaID=MSSPFLORER&CU_ID=1
図3－3　デルタ地方の棉摘み、1890年代（Photo by Coovert, G-ville. No. 188. Hadley Collection.）
http://www.jccoovert.com/cotton/cotton_picking_188.html
図4－1　*All the King's Men*（『王の臣すべてを以てしても』）表紙
図4－2　映画化された同作品のDVD
図5－1　『負け戦』の各部の最初のページの木版画

●ハ行

●マ行

●ヤ行

●ラ行

●カ行

●サ行

●タ行

●ナ行

索　引

中村　紘一(なかむら　こういち)

1942年，京都に生まれる．京都大学大学院文学研究科修士課程英語学英米文学専攻修了．京都大学大学院文学研究科教授を経て，現在，京都女子大学文学部教授（アメリカ文学）．

著書として，『メルヴィルの語り手たち』(1992)，『アメリカ南部小説の愉しみ——ウィリアム・スタイロン』(1995)，『ロバート・ペン・ウォレン——アメリカ南部小説の愉しみ②』(1998)（以上，臨川書店），訳書として，トマス・ピンチョン『V.』上，下（1979，共訳，国書刊行会)，ノエル・ペリン『読書の歓び——マイナー・クラシックの勧め』(1989，紀伊國屋書店)，エドマンド・ウィルソン『愛国の血糊——南北戦争の記録とアメリカの精神』(1998，研究社出版)，ゴア・ヴィダル『リンカーン』上，中，下（1998，本の友社)，『ナボコフ＝ウィルソン往復書簡集』(2004，共訳，作品社)，『エドマンド・ウィルソン批評集』1，2（2005，共訳，みすず書房）などがある．

学術選書

アメリカ南部小説を旅する
ユードラ・ウェルティを訪ねて　学術選書 031

2008 年 2 月 10 日　初版第 1 刷発行

著　　者…………中村 紘一
発 行 人…………加藤 重樹
発 行 所…………京都大学学術出版会
京都市左京区吉田河原町 15-9
京大会館内（〒 606-8305）
電話（075）761-6182
FAX（075）761-6190
振替 01000-8-64677
URL http://www.kyoto-up.or.jp

印刷・製本…………㈱太洋社

装　　幀…………鷺草デザイン事務所

本書の刊行にあたっては，京都女子大学より出版経費の一部助成を受けた．

ISBN978-4-87698-831-0

定価はカバーに表示してあります
Printed in Japan

学術選書 [既刊一覧]

＊サブシリーズ 「心の宇宙」→[心] 「諸文明の起源」→[諸]
「宇宙と物質の神秘に迫る」→[宇]

001 土とは何だろうか？ 久馬一剛
002 子どもの脳を育てる栄養学 中川八郎・葛西奈津子
003 前頭葉の謎を解く 船橋新太郎 [心] 1
004 古代マヤ 石器の都市文明 青山和夫 [諸] 11
005 コミュニティのグループ・ダイナミックス 杉万俊夫 編著
006 古代アンデス 権力の考古学 関 雄二 [諸] 12
007 見えないもので宇宙を観る 小山勝二ほか 編著 [宇] 1
008 地域研究から自分学へ 高谷好一
009 ヴァイキング時代 角谷英則 [諸] 9
010 GADV仮説 生命起源を問い直す 池原健二
011 ヒト 家をつくるサル 榎本知郎
012 古代エジプト 文明社会の形成 高宮いづみ [諸] 2
013 心理臨床学のコア 山中康裕 [心] 3
014 古代中国 天命と青銅器 小南一郎 [諸] 5
015 恋愛の誕生 12世紀フランス文学散歩 水野 尚
016 古代ギリシア 地中海への展開 周藤芳幸 [諸] 7
017 素粒子の世界を拓く 湯川・朝永生誕百年企画委員会編集／佐藤文隆 監修
018 紙とパルプの科学 山内龍男
019 量子の世界 川合・佐々木・前野ほか編著 [宇] 2
020 乗っ取られた聖書 秦 剛平
021 熱帯林の恵み 渡辺弘之
022 動物たちのゆたかな心 藤田和生 [心] 4
023 シーア派イスラーム 神話と歴史 嶋本隆光
024 旅の地中海 古典文学周航 丹下和彦
025 古代日本 国家形成の考古学 菱田哲郎 [諸] 14
026 人間性はどこから来たか サル学からのアプローチ 西田利貞
027 生物の多様性ってなんだろう？ 生命のジグソーパズル 京都大学総合博物館 京都大学生態学研究センター編
028 心を発見する心の発達 板倉昭二 [心] 5
029 光と色の宇宙 福江 純
030 脳の情報表現を見る 櫻井芳雄 [心] 6
031 アメリカ南部小説を旅する ユードラ・ウェルティを訪ねて 中村紘一